Daniel Wisser

Die erfundene Frau

Daniel Wisser

Die erfundene Frau

Erzählungen

Luchterhand

für Daniela

Roswitha

Den anderen im Büro erzählte Roswitha nicht, dass sie zweimal mit ihrem Arbeitskollegen Sascha ausgegangen war. Er galt als Sonderling. Und er kam auch Roswitha ein wenig sonderbar vor. Dass er immer wieder sagte, er finde *Roswitha* den schönsten Vornamen überhaupt, schmeichelte ihr. Roswitha selbst erinnerte ihr Name an alte, dicke Frauen in Trachtenkleidung, Schürzen oder Hausanzügen.

Als sie das erste Mal mit Sascha ausgegangen war, hatte er sie beim Abschied gefragt, ob sie ihn küssen wolle. Warum sie Nein gesagt hatte, wusste sie nicht. Beim zweiten Date verärgerte Sascha sie ein wenig. Er hatte eine noble Champagnerbar vorgeschlagen, kam und erklärte ihr gleich als Erstes, er habe seine Geldtasche mit allen Karten zu Hause vergessen. Also bezahlte Roswitha am Ende des Abends, was ihr nichts ausmachte. Aber als sie bezahlt hatte, rügte Sascha sie, sie habe viel zu viel Trinkgeld gegeben. Roswitha war verärgert. Noch mehr war sie verärgert, als Sascha beim Abschied keinen weiteren Annäherungsversuch unternahm. Das war seine letzte Chance, schwor Roswitha sich. Keine Treffen mehr. Im Juni war das gewesen.

An einem Tag im September, an dem Sascha sich morgens krankgemeldet hatte, wurde Roswitha ins Personalbüro gebeten. Ihr wurde mitgeteilt, man habe Sascha fristlos entlassen. Er werde nicht mehr kommen. Man beauftragte sie, seinen Schreibtisch zu räumen und arbeitsrelevante Akten von privaten Papieren und Gegenständen zu trennen.

Roswitha war überrascht, aber sie machte sich an die Arbeit. Sie überlegte kurz, ob sie Sascha anrufen und ihn fragen sollte, was geschehen war. Dann aber dachte sie, er werde sich schon melden. So kam es ihr höflicher und würdevoller vor. Vielleicht wollte er auch nicht darüber reden. Obwohl Roswitha schon neugierig war. In den Raucherzimmern kursierten erste Gerüchte, aber solche Geschichten waren meist falsch.

Erst in der untersten Lade fand Roswitha persönliche Gegenstände. Ein paar Ansichtskarten. Offensichtlich von einer Frau, die mit Lippenstift einen Kuss auf die Karte gedrückt hatte. Sie waren unterschrieben, aber Roswitha konnte den Namen nicht entziffern. Eine schwere Büchse voller Münzen, ein Umschlag mit einem Zehneuroschein und Rechnungen. Und ein Notizbuch. Wie viel Geld in der Büchse war, konnte Roswitha nicht abschätzen. Sie legte die Büchse in den Karton für die Privatsachen. Dann öffnete sie das Notizheft. In sehr schöner Schrift standen dort in jeder Zeile ein Datum, ein Kommentar und ein Geldbetrag:

12.11.2013	*auf der Straße gefunden*	*0,20*
15.11.2013	*im Supermarkt auf dem Boden gelegen*	*0,50*
16.11.2013	*im Kaffeeautomaten gefunden*	*0,10*

So ging es dahin. Dann aber stieß Roswitha auf folgende Zeile:

2.12.2013	*aus Roswithas Kaffeekasse genommen*	*2,00*

Den letzten Eintrag fand sie nicht nur einmal, sondern zigmal. Was für ein Arschloch, dachte Roswitha. Tatsächlich hatte sie eine Büchse mit Münzen in einer Schreibtischschublade, die sie nie absperrte. Ihr war nicht aufgefallen, dass Sascha sich dort bedient hatte. Aber in dem Moment, als sie darüber nachdachte, fiel ihr ein, dass sie manchmal sicher gewesen war, eine Ein- oder Zweieuromünze obenauf gelegt zu haben, sie aber nicht mehr fand. Sie hatte immer gedacht, sie habe sich eben geirrt. Offensichtlich hatte Sascha es auf die Zweieuromünzen in ihrer Kaffeekasse abgesehen gehabt.

Roswitha überlegte, das ganze Buch zu durchforsten, um zusammenzuzählen, was Sascha ihr gestohlen hatte. Zu diesem Betrag müsste sie noch die Hälfte der Rechnung in der Champagnerbar (inklusive Trinkgeld) addieren. Ergab die Summe, die das Arschloch ihr schuldete. Sollte sie das dann ins Buch schreiben, einen Minusbetrag mit Rotstift? Roswitha warf das Notizbuch in den Karton und rief den Haustechniker an, er könne Saschas Sachen abholen. Wie gut, dass ich ihn niemals geküsst habe, dachte sie.

Zehn Monate später, im Juli, hatte Roswitha Urlaub und nahm am Hauptbahnhof einen Zug nach Venedig. Wie immer war sie viel zu früh am Bahnhof, kaufte noch Wasser, Gebäck und zwei Tageszeitungen und setzte sich auf eine Bank in der großen Halle. Sie mochte es, die Menschen am Bahnhof zu beobachten und ihnen Namen zu geben. Dann aber entdeckte sie jemanden, der schon einen Namen hatte: Sascha. Er trug eine braune Hose und ein braunes Sakko, schien ein wenig schlanker als früher zu sein und trug jetzt einen Vollbart. Roswitha hielt die Zeitung vor das Gesicht. Sie wollte nicht, dass Sascha sie entdeckte. Sascha ging zu den Fahrkartenautomaten und steckte die Hand in jeden Auswurfschlitz. Er suchte offensichtlich nach Rückgeld, das liegen geblieben war. Dann ging er durch die Halle zum hinteren Ausgang. Roswitha stand auf und ging mit ihrem Trolley langsam hinterher. Vor der Trafik war ein Zigarettenautomat. Auch hier suchte Sascha nach Münzen, dann verließ er die Bahnhofshalle, wobei er ständig auf den Boden schaute.

In Venedig fand Roswitha einen kleinen Laden mit schönen Notizbüchern in der Auslage. Sie betrat das Geschäft und nahm ein Notizbuch in die Hand: innen edles Papier, außen glattes schwarzes Leder. Sie kaufte es. Einfach so. Abends saß sie in ihrem Lieblingscafé am Rialto Mercato und schlug das Buch auf. Sie überlegte, was sie hineinschreiben könnte. Dass sie sich wünschte, noch in diesem Urlaub von einem Mann geküsst zu werden? Zu deprimierend. Wann sie das letzte Mal von einem Mann geküsst worden war? Sie erschrak. Es war viereinhalb Jahre her. Das konnte sie nicht in das Notizbuch schreiben. Zu deprimierend.

Silvia

Nachdem Ilona gekündigt hatte, machten Karl und sie Urlaub in Italien. Jeden Tag tranken sie um 17:00 Uhr Aperitivo, jeden Tag gingen sie gut essen und jeden Tag hatten sie Sex. Karl gefiel, dass Ilona Italien mochte. »Hier lebt man noch richtig«, sagte sie einmal. Und ein anderes Mal: »Die Italiener wissen, wie's geht!«

Dann fuhren die beiden für zwei Wochen nach Berlin, um eine Freundin von Ilona zu besuchen. Karl kam es so vor, als wäre Ilona ihm gegenüber plötzlich abweisend und feindselig. Wenn er sie in der Nacht berührte, nahm sie seine Hand und entfernte sie von ihrem Körper. Mehrmals ging das so, zuerst mit dem Hinweis, die Freundin könne sie hören, später ohne Erklärung. »Jetzt sei nicht beleidigt. Du hast nicht immer Anspruch auf mich«, sagte Ilona.

Zurück zu Hause ging Karl wieder arbeiten. Ilona saß den ganzen Tag auf dem Sofa. Wenn Karl später kam als sonst, sagte sie: »Hast du noch deine Freundin getroffen?« Karl antwortete nicht. Abends klagte Ilona über Beschwerden. Sie sei nun in den Wechseljahren. Sie fühle sich nicht mehr als richtige Frau. Karl wollte sie trösten und legte seine Hand auf ihren Oberschenkel. »Das ist alles, was dir dazu einfällt, du Sexmolch?«, fragte Ilona. Karl schwieg. Er dachte, dass es das Wort *Sex-*

molch gar nicht gab. Er versuchte, den Aperitivo genau so zu machen, wie er in Italien gewesen war. Doch er schmeckte anders. Und er wirkte nicht.

Einmal fuhren sie im Auto. An der Ampel blickte Karl gedankenverloren aus dem Beifahrerfenster. Ilona hatte ihn beobachtet und schien zu glauben, dass er die Radfahrerin an der Ampel anstarrte.

»Und passt alles?«, fragte Ilona.

»Was meinst du?«, fragte Karl.

»Die Radfahrerin. Gefällt sie dir?«

Karl schwieg.

Ilona fuhr weiter. »Die hat wirklich einen super Arsch«, sagte Ilona, »hat deine Freundin, die du nach der Arbeit triffst, auch so einen super Arsch? Wenn das so weitergeht, lasse ich mich scheiden.«

Früher hatte Ilona zu Mittag mit ihren Kolleginnen gegessen und Karl hatte in dieser Zeit nicht anrufen dürfen. Nun aber saß sie zu Hause und schrieb Karl SMS. Eine davon lautete: *Du bist gesehen worden. Letzte Woche. In der Burggasse. Hand in Hand mit einer blonden Frau. Es reicht.*

Jetzt gab es also schon Spitzel, die für sie arbeiteten. Karl überlegte, wann er in der Burggasse gewesen sein könnte. Er überquerte die Burggasse manchmal, aber er konnte sich nicht erinnern, in letzter Zeit dort in einem Lokal oder Geschäft gewesen zu sein oder die Burggasse auch nur entlanggegangen zu sein. Er antwortete: *Was wird das jetzt? Wir reden am Abend.*

Ilona wollte sich in einem Lokal treffen. Karl war froh, dass sie immerhin wieder außer Haus ging. Sie trafen sich in einem Kaffeehaus. Ilona setzte sich und legte sofort los: »Also, wie heißt sie?« Kein Kellner weit und breit. Karl schob das Set mit Salzstreuer, Pfefferstreuer und Zahnstochern von einer Kante des Tisches zur anderen. »Silvia«, sagte er.

»Silvia«, sagte Ilona schon ein wenig freundlicher. »Und hat sie vielleicht auch einen Nachnamen?«

Karl spielte weiter mit dem Salzstreuer. Plötzlich nahm Ilona ihm den Salzstreuer weg.

»Hör auf! Das nervt«, sagte sie.

Karl wusste, das brachte Unglück. Er hatte es in einer Zeitschrift gelesen: Die Hindus glauben, es bringt Unglück, wenn eine Person einer anderen Person Salz von Hand zu Hand übergibt. Karl blickte aus dem Fenster. Auf der gegenüberliegenden Straßenseite las er auf einem Schild *Optik Böhmert*.

»Also«, sagte Ilona, »willst du mir jetzt ihren Nachnamen sagen?«

»Böhmert«, sagte Karl, »Silvia Böhmert.«

Ilona war zufrieden: »Kennst du sie von Facebook?«

Karl schüttelte den Kopf: »Sie ist nicht auf Facebook.«

Karl schlief diese Nacht in der Wohnung seiner Mutter. Die Wohnung stand ohnehin leer, seit die Mutter nach Innsbruck gezogen war. Karl kam sonst nur für die Hauptkehrung und das jährliche Stromzählerablesen. Er war zu faul, das Bett frisch zu überziehen, und legte sich auf das Sofa. Er zog Hose und Unterhose aus und stellte sich Silvia vor. Groß war sie. Genauso groß wie er. Das brünette Haar war schulterlang. Nein, länger. Sie hatte ein Kinngrübchen. Oder besser Wangengrübchen, die sich nur beim Lachen bildeten. Erstaunlich schöne und feste Brüste. Nicht zu große. Ihre Schultern und Arme waren schlank. Ihr Nacken der schönste der Welt. Eine SMS kam: *Geht's oder störe ich dich und deine Silvia beim Vögeln?*

Am Morgen machte Karl zwei weiche Eier. Das heißt, er versuchte es. In der Wohnung seiner Mutter gab es einen Elektroherd, nicht einen Gasherd wie zu Hause. Karl nahm zwei Eierbecher und stellte sie auf den Tisch, daneben Löffel und Salzstreuer. Er erklärte Silvia, sie müsse den Salzstreuer nach dem Essen auf den Tisch stellen und dürfe ihn keinesfalls ihm in die Hand geben. Das bringe Unglück. Die Eier waren viel zu weich, fast roh. Das war Karl noch nie passiert. Er entschuldigte sich bei Silvia und aß beide Eier.

Karl legte eine E-Mail-Adresse für Silvia Böhmert an. Sie hat Schuhgröße 41, beschloss er. Und er schrieb alle ihre Daten in ein kleines Heft.

Einige Monate später waren Ilona und Karl auf eine Party eingeladen. Die Frauen waren im Garten, die Männer standen in der Küche. Karl gefiel die Geschlechtertrennung nicht. Er ging in den Garten, um den Frauen zuzuhören. Dort wurde über Religion gesprochen. Ilona schien schon ein wenig betrunken zu sein. Sie ergriff das Wort: »Wir wurden aus der Rippe des Mannes erschaffen. Wer glaubt so einen frauenfeindlichen Scheiß? Aus der Rippe des Mannes. Eine spare rib, oder was? Wahrscheinlich auch noch beim Grillen.«

Es war Karl unangenehm, dass Ilona so viel redete.

Zurück in der Küche erzählte ein Bekannter der Gastgeber von der krankhaften Eifersucht seiner Freundin, die jede Frau, die ihm irgendwo begegne, verdächtige, etwas mit ihm anzufangen. Karl dachte sich nichts dabei, als er sagte: »Ilona hat mich so lange gequält, ihr den Namen der Frau zu sagen, mit der ich sie betrüge, bis ich sie erfunden habe. Ich habe sogar eine E-Mail-Adresse für sie angelegt. Ich schreibe ihr E-Mails, und dann schreibe ich mir selbst zurück.« Das Gelächter schmeichelte Karl.

Es wurde weiter getrunken, später waren alle im Garten um den Grill versammelt. Einer der Zuhörer aus der Küche sagte laut zu Karl: »Diese Geschichte mit der erfundenen Frau ist super. Wie hieß sie noch? Ich bin schon von deiner Erzählung ganz verliebt in sie. Silvia wie?«

Karl versuchte, leise zu antworten, aber es war schon zu spät.

»Böhmert«, sagte er noch, da stand Ilona schon vor ihm.

»So, jetzt lasse ich mich endgültig scheiden«, sagte sie laut.

»Warum? Weil ich dich nicht betrogen habe?«, fragte Karl.

Die Umstehenden lachten über Karls Antwort.

Ilona versuchte es mit silvia.boehmert@gmx.at, silvia.boehmert@gmail.com, silvia.boehmert@chello.at, silvia.boehmert@aon.at, silvia_boehmert@yahoo.com und vielen anderen mehr. Sie schrieb:

Sehr geehrte Frau Böhmert,

mein Mann hat mir von Ihnen erzählt. Bitte, das ist keine Rache- oder Droh-E-Mail. Ich möchte wirklich mit Ihnen reden. Mein Mann betrügt mich seit Jahren. Wir sind seit 18 Jahren zusammen. Ich weiß, dass ihm etwas in unserer Beziehung fehlt. Er hält mich nicht mehr an der Hand, küsst mich nur sehr kurz und widerwillig, schläft am liebsten getrennt von mir. Ich vermisse die Zärtlichkeit von früher. Ob Sie mir wohl sagen können, was ihn wirklich anturnt? Bestimmt gab es doch zwischen Ihnen beiden eine erste Verliebtheit.
Mein Mann leugnet alles. Neuerdings behauptet er, Sie nur erfunden zu haben. Das ist sehr demütigend für mich. Bitte helfen Sie mir!

Herzlich, Ilona Vass

Frau Ilse

Es blieb nichts anderes übrig, als Pacer mitzunehmen. Der kleine Schoßhund, ein reinrassiger Malteser, hatte das wenige, das er gefressen hatte, wieder erbrochen. Frau Ilse weinte drei, vier Tränen, tupfte sie mit einem Taschentuch aus ihrem Gesicht, bückte sich und wischte mit demselben Taschentuch das Erbrochene vom Teppich. Sie steckte die Leine in die Handtasche und trug den kleinen Hund vor das Haustor. Auf der Straße befestigte sie die Leine und ging mit Pacer ganz langsam über die Habsburgergasse zum Graben. Der Hund quälte sich bei jedem Schritt, aber Frau Ilse konnte ihn nicht die ganze Strecke tragen. Immer wieder musste sie an der Leine ziehen, damit Pacer wieder ein paar Schritte weiterging.

Pacer war eben alt. Benannt hatte ihn Frau Ilses Mann, der vor sieben Jahren verstorben war, nach dem Helden, den Elvis Presley im Film *Flammender Stern* gespielt hatte. Es war der Lieblingsfilm des Ehepaars Kaminek. Einmal im Jahr wurden Freunde eingeladen, um den Film gemeinsam anzusehen. Frau Ilses Mann war ein Fan von Barbara Eden. Und wäre der junge Malteser ein Weibchen gewesen, hätte sie bestimmt Jeannie geheißen, denn da Herr Kaminek Barbara Eden verehrte, verehrte er auch die *Bezaubernde Jeannie*.

Aus Gewohnheit wollte Frau Ilse den Meinl am Graben betreten. Kurz vor dem Eingang machte sie aber halt. Sie hatte dort in den letzten sieben Jahren immer dieselben Sachen gekauft: das, was ihr Mann gerne gegessen hatte. Meistens verdarben die Lebensmittel dann zu Hause. Frau Ilse aß seit dem Tod ihres Mannes nur noch Brot, Streichkäse und Schokolade. Alles andere warf sie nach zwei Wochen weg. Sie kaufte trotzdem immer Bresaola, 250 Gramm Leerdammer, Kapern, Lachs und Feta, weil es besser aussah, wenn sie mit der Einkaufstasche vom Meinl am Graben nach Hause zurückkehrte. Pacer hatte in den letzten beiden Jahren nur noch Trockenfutter gefressen und es nach fast jedem Essen wieder erbrochen.

Schluss, dachte Frau Ilse an diesem Tag. Keine Lebensmittel mehr, die ohnehin nicht gegessen werden. Ich brauche eine neue Handtasche. Sie wusste, wo sie hinwollte: Louis Vuitton. Schon oft hatte sie, wenn sie gegenüber ins Schwarze Kameel auf einen Prosecco gegangen war, die Auslage gemustert und wusste daher bereits, was sie wollte. Pacer legte sich, kaum im Geschäft angekommen, auf den Boden. Als Frau Ilse der Verkäuferin die Tasche zeigte, die sie kaufen wollte, musste sie den liegenden Pacer an der Leine hinter sich her über den Boden des Geschäfts schleifen.

Frau Ilse war sicher: Diese Tasche sollte es sein. Die Verkäuferin verschwand im Lager. Frau Ilse bückte sich, um Pacer aufzuheben. Sie stieß ihn mehrere Male an. Als sie ihn aufhob und anblickte, sah sie zwei erstarrte Augen. Das war's, dachte Frau Ilse. Pacer ist nicht mehr.

Nun hatte Frau Ilse einen toten Ehemann und einen

toten Hund. Als die Verkäuferin zurückkam, beherrschte sie sich trotzdem: »Verzeihen Sie, ich möchte nicht… mein Hund… Er ist gerade… von uns gegangen.«

Die Verkäuferin legte die rechte Hand auf die Brust: »Mein Gott, ist das schrecklich!«

Das Entsetzen der Verkäuferin entsetzte Frau Ilse. »Er war schon alt«, sagte sie, »sehr alt. Könnten Sie mir bitte nur eine Tragetasche geben, damit ich…«

Die Verkäuferin konnte sich kaum beruhigen. »Aber natürlich«, sagte sie und eilte davon, um eine Papiertragetasche zu holen.

Eigentlich hatte Frau Ilse die Handtasche wirklich kaufen wollen. Keinesfalls wollte sie den Eindruck erwecken, sie habe nur eine Ausrede gesucht, die Tasche nicht zu kaufen. Vielleicht hielt man es für einen raffinierten Trick, um in ein so mondänes Geschäft zu gehen und gratis eine Tragetasche zu bekommen? Frau Ilse hängte die Leine ab, steckte sie in die Handtasche und legte den toten Pacer in die Papiertragetasche.

Auf der Straße blieb Frau Ilse nach wenigen Schritten stehen. Was nun? Den Tierarzt anrufen oder gleich die Tierbestattung? Ihre Beine waren schwach, sie schaffte nur fünf Schritte. Dann stellte sie die Tragetasche mit dem toten Hund auf den Boden. Sie blickte sich um. Am kürzesten war der Weg ins Schwarze Kameel. Ein Glas Wein oder Prosecco würde jetzt bestimmt guttun.

Frau Ilse trank beides und dann noch ein Glas Prosecco. Sie hatte ihr Halstuch abgenommen und es in die Tragetasche gelegt, um den toten Pacer damit zuzudecken. Der Prosecco gab ihr Kraft. Sie überlegte, belegte

Brötchen aus der Vitrine auszusuchen, dachte dann aber, die Pietät erfordere, dass sie jetzt nicht aß. Inzwischen hatte sie dem Tierarzt eine SMS geschickt und dieser hatte ihr – ebenfalls per SMS – sein Beileid ausgesprochen und angekündigt, Pacer um etwa 15:00 Uhr abzuholen und alles Weitere zu veranlassen. Ob sie im Krematorium dabei sein wolle oder nicht, überlasse er ihr.

Frau Ilse überlegte, noch einen Prosecco zu trinken. Sie hätte ihn auch gerne getrunken, dann aber fiel ihr ein, dass sie daraufhin bestimmt zur Toilette musste. Und die Toiletten waren ein Problem im Schwarzen Kameel, sie lagen im Untergeschoss, die Treppe hinunter war steil und machte Frau Ilse Angst. Mit dem toten Pacer in der Hand würde sie es sicher nicht schaffen. Am liebsten hätte Frau Ilse sich klein gemacht wie die bezaubernde Jeannie und wäre in einer Proseccoflasche verschwunden, die Tragetasche mit dem armen toten Pacer in der Hand.

Frau Ilse machte einen Kontrollgriff, tappte ins Leere und blickte nach unten. Das konnte nicht sein! Wo war die Louis-Vuitton-Tragetasche? Ihre Handtasche war da, die hatte sie auf dem Schoß, aber die Tragetasche mit dem toten Pacer war fort. Sie stand auf und suchte alles ab, dann alarmierte sie die Kellnerin. Zwei Kellner halfen bei der Suche. Ohne Ergebnis.

Auf dem Heimweg kaufte Frau Ilse beim Meinl am Graben alles, was ihr seliger Gatte gerne gegessen hatte. Als sie das Geschäft verließ, schrieb sie dem Tierarzt eine SMS, es tue ihr leid, aber sie habe den toten Hund mit dem Taxi bereits selbst ins Krematorium gebracht, aus Angst, die Verwesung könne schon einsetzen.

Als Frau Ilse zu Hause ankam und das Vorzimmer betrat, wurde ihr übel. Sie wollte schnell ins Badezimmer, aber sie hatte keine Kraft dafür. Wenn nur ein Riese sie an der Leine führen und an dieser Leine ins Badezimmer schleifen könnte. Sie erbrach sich. Der saure Geschmack von Prosecco im Mund steigerte die Übelkeit. Sie brauchte vier Taschentücher, um das Erbrochene aufzuwischen.

Es war nicht einmal 13:00 Uhr, als Frau Ilse in der Küche am Esstisch saß und nicht wusste, was sie mit diesem Tag noch anfangen sollte. Sie betrachtete die Packung Hundefutter. Sie schrieb dem Tierarzt eine weitere SMS, um ihm mitzuteilen, er könne jede Menge Hundefutter bei ihr abholen.

Am frühen Abend saß der Tierarzt an Frau Ilses Küchentisch.

»Möchten Sie ein Stück Brot mit Butter und Bresaola?«

Der Tierarzt winkte ab. Er fragte, wie es im Krematorium gewesen sei.

Frau Ilse musste ausweichend antworten, die wirkliche Geschichte wagte sie nicht zu erzählen, dass jetzt ein Dieb in der Stadt herumlief, mit dem toten Pacer in einer Papiertragetasche. Wahrscheinlich hatte der Dieb den armen toten Hund längst in eine Mülltonne geworfen, wo er nun verweste. Nein, sie schaffte es nicht.

»Schmerzfrei muss der Tod sein, hat mein seliger Mann immer gesagt«, sagte Frau Ilse. »Schmerzfrei! Vielleicht ein Stück Leerdammer und ein paar Kapern dazu?«

Linda

1

»War das wirklich die letzte Chemo?«, fragte Linda.

»Ja«, antwortete Michael.

»Drei, haben sie gesagt. Nur drei Behandlungen«, sagte Linda, »das war jetzt die achte.«

»Ich weiß, mein Schatz. Aber du bist tapfer. Du schaffst das.«

Im Garten der Klinik standen zwei Gärtner, ein älterer und ein sehr junger. Sie diskutierten und gestikulierten dabei. Der jüngere Gärtner bückte sich und deutete dabei auf seine Kniescheibe.

»Die haben ein gutes Leben«, sagte Linda. »Jeden Tag beobachte ich sie.«

Linda erzählte, dass die Gärtner niemals von Pflanzen oder Bäumen oder über ihre Arbeit redeten, sondern immer über Fußball. Der jüngere Gärtner zeige dem älteren seine Verletzungen vom letzten Match. Dabei verwende der Junge Fachausdrücke, die er falsch ausspreche. So sage er immer *Miniskus*, wenn er vom *Meniskus* spreche, und wenn er *Luxation* sagen wolle, komme ein ganz seltsames Wort heraus, das sie gar nicht nachahmen könne.

Linda blickte zum Infusionsständer. Der Beutel war noch sehr voll. »Du solltest wieder mal was für dich machen, Michi. Etwas, das dir Spaß macht.«

»Was macht mir denn Spaß?«, fragte Michael.

»Ich weiß nicht. Fahr nach München und geh ins Hofbräuhaus!«

»Allein?«

»Geh mal wieder Boule spielen mit deinen Kollegen. Fahr mit dem Rad nach Bratislava. Schau dir im Kino einen Film an. Du musst doch nicht jeden Tag neben deiner kaputten Frau sitzen!«

»Mach dir keine Sorgen. Mir geht es gut«, sagte Michael.

2

Michael war nervös, als er läutete. Die Tür ging auf.

»Hallo! Hast du einen Termin?«, fragte die Frau an der Tür.

»Ja«, sagte Michael. »Nein!«

»Also, ja oder nein?«

»Ich habe keinen Termin«, sagte Michael.

»Ist gut, Schätzchen«, sagte die Frau. »Komm mit! Bist du das erste Mal bei uns?«

»Nein«, sagte Michael.

Natürlich war er das erste Mal hier. Was für eine dumme Frage, dachte Michael. Er folgte der Frau über eine Treppe in einen Korridor. Links und rechts waren Zimmer. Es war niemand zu sehen. Die Frau öffnete eine Zimmertür: »Mach's dir bequem, ich schicke die Mädchen vorbei, und du suchst dir eine aus, o.k.?«

Im Zimmer gab es ein Bett, eine Duschkabine und ein

Tischchen mit einem Fauteuil. Michael hätte die Musik gerne leiser gemacht, aber dann verstand er, wozu sie gut war. Alles war sauber. Am Bettgestänge waren Handschellen festgemacht. Die Handschellen störten Michael. Er wollte keine Handschellen.

Nach einigen Minuten hörte Michael Stöckelschuhe näher kommen. Die Tür ging auf. Ein junges, dunkelhäutiges Mädchen kam lächelnd zur Tür herein. Er stand auf und gab ihr die Hand.

»Ich bin Marina«, sagte das Mädchen.

»Michael«, sagte Michael.

Das Mädchen gefiel ihm, aber sie hieß in Wirklichkeit bestimmt nicht Marina. Warum nur hatte er seinen richtigen Namen gesagt?

»Ich schicke jetzt die anderen Mädchen zu dir«, sagte Marina.

»Ja«, sagte Michael. »Das heißt nein. Kannst du nicht bei mir bleiben?«

»Aber sicher. Eine Stunde, eine halbe Stunde oder Quickie?«, fragte Marina.

»Eine Stunde«, sagte Michael.

Er wunderte sich über seine Bestimmtheit. Sie verlangte 180 Euro. Er zückte seine Brieftasche.

»Leg das Geld hier auf den Tisch, o.k.? Gehst du dich duschen, mein Schatz?«, sagte Marina. »Ich komme gleich zu dir.«

Michael nahm zwei Hunderter aus der Brieftasche und legte sie auf den Tisch. Dann zog er sich aus. Er überlegte, ob es im Zimmer eine Kamera gab. Er betrat die Duschkabine. Langsam seifte er sich mit dem Duschgel ein, das dort bereitstand. Es war stark parfümiert. Wie gut, dass er Linda an diesem Tag nicht besuchen musste. Sie hatte es ihm verboten. Er solle mal einen Tag für sich haben. Michael hatte protestiert, nun aber war er froh, dass er eingewilligt hatte. Linda würde sofort riechen, dass er ein anderes Duschgel verwendet hatte. Obwohl man ihnen erklärt hatte, dass es während und nach der Chemotherapie zu Geruchs- und Geschmacksverlust kommen könne, redete Linda schon seit der ersten Behandlung oft von Gerüchen. Vielleicht tat sie nur so, als könne sie gut riechen.

Fast die ganze Flasche Duschgel brauchte Michael auf. Er stieg aus der Duschkabine und trocknete sich mit dem Badetuch ab, das auf dem Bett lag. Lange saß Michael mit dem Badetuch um die Hüften auf dem Bett. Endlich hörte er auf dem Gang wieder Stöckelschuhe. Marina betrat das Zimmer und zog sich gleich aus. Michael fand das schade, er hätte das gerne getan – und zwar langsam. Außerdem störte ihn, dass sie das Zimmer nicht abgesperrt hatte. Er wies sie darauf hin. Sie lachte, ging zur Tür und drehte den Schlüssel um. Dann versetzte sie ihm im Scherz einen Stoß, sodass er aufs Bett fiel. Sie legte sich zu ihm. Sie hatte schöne, feste Brüste. Er dürfe sie sogar küssen, sowohl die Brüste als auch Marina.

Michael bekam sofort eine Erektion. Er war schockiert über sich selbst. Wie gut alles funktionierte! Dass er kein schlechtes Gewissen hatte! Er dachte nicht an Linda. Nur, indem er dachte, dass er nicht an sie dachte, dachte er an sie.

»Magst du von vorne oder von hinten?«, fragte Marina.

Michael wählte die Missionarsstellung. Bald kam er zum Höhepunkt. Der erste Sex seit mehr als zwei Jahren. Routiniert zog Marina ein Taschentuch aus der Spenderbox, entfernte das Kondom, wickelte es ein und warf es auf den Boden neben das Bett.

Dann lag er neben Marina, und sie erzählte von ihrer Heimat Kuba. Er wolle unbedingt einmal nach Kuba reisen, sagte Michael.

»Hier bei euch ist das Leben Stress«, sagte Marina, »und ihr Österreicher redet einfach nichts. Jeden Tag muss ich nachdenken, was dieses Schweigen bedeutet. Oder ihr sagt Ja oder Nein, ein paarmal am Tag. Und das war's. Es ist furchtbar. Im Sommer bin ich gerne hier, aber im Winter ist es furchtbar.«

Michael mochte das dunkelhäutige Mädchen, und sie tat ihm leid. Bestimmt war sie froh, wenn er wieder weg war. Ob sie einen Heiratsantrag von ihm annehmen würde? Sie müsste dann nicht mehr mit Männern ins Bett gehen, die zu Hause keinen Sex hatten. Sie könnte zu Hause bleiben, während er arbeiten ging, und im Winter für ein paar Monate nach Kuba fliegen.

Michael hatte eine seltsame Fantasie: Er sah sich selbst mit seinem Chef beim Mittagessen. Tatsächlich gingen die beiden manchmal gemeinsam essen. Michael hörte sich selbst sagen: »Meine Frau … meine zweite Frau … Sie ist Kubanerin.«

»Bist du verheiratet?«, fragte Marina.

»Nein«, antwortete Michael.

Marina lachte. Sie nahm seine Hand und streichelte seine Finger, bis sie bei seinem Ehering angelangt war.

»Ja«, sagte Michael, »meine Frau … sie … Du musst wissen, dass …«

Marina hielt ihm ihren Zeigefinger an die Lippen. Sie begann sein Brusthaar zu streicheln und leicht in seine Brustwarzen zu beißen. »Mach dir keinen Kopf! Jeder dritte Mann geht ins Puff«, sagte sie.

Diesmal machten sie es von hinten. Danach duschte Michael wieder. Nun war das Duschgel leer.

Marina begleitete Michael die Treppe hinunter zur Eingangstür und hielt dabei seine Hand.

»Das war fein. Ich hoffe, du hattest Spaß, mein Schatz«, sagte Marina.

»Ja«, antwortete Michael.

»Kommst du wieder?«, fragte Marina.

»Ja.«

Er wollte Marina auf die Wange küssen, aber sie hielt ihn am Kinn fest und drückte kurz ihre gespitzten Lippen auf seine.

Als er vor die Tür trat, ging er ein paar Schritte zur Straßenbahn, blieb kurz stehen und machte sein Mobiltelefon an. Er war erleichtert: Linda hatte nicht angerufen.

3

Linda saß im Rollstuhl an der großen Glasscheibe, durch die man den Garten sehen konnte. Der untere Teil war voller Finger- und Handabdrücke. Besonders Kinder, die zu Krankenbesuchen mitgenommen wurden, hinterließen hier ihre Spuren.

Linda fuhr nicht in den Garten hinaus, heute nicht. Es war zu kalt. Sie erschrak, als Schwester Carina sie von hinten an den Schultern fasste.

»Warten Sie auf Ihren Mann?«, fragte die Schwester.

»Ich habe ihm verboten, heute zu kommen«, sagte Linda.

»Na, Sie sind aber streng!«

»Wissen Sie, er kommt jeden Tag. Jeden Tag nach der Arbeit. Ich weiß schon gar nicht mehr, was ich ihm erzählen soll. Ich erfinde Gespräche, die die Gärtner da draußen führen, oder erzähle ihm, was in der Zeitung steht. Ich habe gesagt, er soll sich amüsieren.«

»Das ist aber sehr nett von Ihnen.«

»Er soll auch mal seine Ruhe haben. Immer nur arbeiten und hier neben mir sitzen, das ist doch deprimierend. Er soll auch ein Leben haben.«

»Da würde ich mir keine Sorgen machen.«

»Doch. Ich mache mir Sorgen. Er vergisst sich selbst. Er vergisst die ganze Welt. Ich muss ihn auf alles hinweisen. Wenn eine Pflanze gut riecht, muss ich ihm sagen: Riech einmal!«

»Ja, so sind die Männer. Die haben anderes im Kopf.«

»Die haben nichts im Kopf.«

»Glauben Sie?«

»Haben Sie auch so ein Exemplar zu Hause?«

»Ja, ja. Ich sage immer: Die Arbeit hier ist meine Erholung. Und danach muss ich nach Hause – zur wirklichen Arbeit.«

4

Michael überquerte eine Brücke und war bald auf der Donauinsel. Radfahrer zogen an ihm vorbei. Er hatte für Radfahrer nichts übrig und auch für Jogger nicht. Aber er war froh, dass sie etwas zu tun hatten, dass er nicht mit ihnen sprechen musste. Er ging fast eine Stunde in eine Richtung und musste mit niemandem sprechen. Wie angenehm. Er dachte darüber nach, was er Linda morgen im Krankenhaus erzählen sollte. Ihm fiel nichts ein.

Dann ging er dieselbe Strecke wieder zurück bis zur Brücke. Als er die Prater Hauptallee erreichte, verschwand die Sonne hinter den Baumwipfeln. Michael zog das Mobiltelefon aus der Hosentasche. Linda hatte nicht angerufen. Er ging in den Biergarten Zum Englischen Reiter und bestellte ein Bier und dann ein zweites. Zwei junge Frauen fragten, ob sie sich zu ihm an den Tisch setzen durften. Nur durch eine Handbewegung bedeutete Michael ihnen, der Platz sei frei. Erst wollte er bezahlen und gehen. Es war ihm unangenehm, dass andere Menschen an seinem Tisch saßen, vor allem wollte er ihre Gespräche nicht hören. Dann aber bestellte er doch ein drittes Bier und überlegte, Linda anzurufen, ließ es aber sein.

Die beiden jungen Frauen brauchten keinen Alkohol, um in Fahrt zu kommen; sie legten sofort los und Michael konnte einfach nicht nicht zuhören.

»Da muss ich weg, verstehst du? Ich muss raus.«

»Mir geht's genauso. Wenn ich den ganzen Tag zu Hause sitzen müsste, würde ich mir nach einer Woche die Kugel geben.«

»Und er erzählt immer dieselben Geschichten. Immer dasselbe. Oft muss ich ihn schon mittendrin korrigieren und sagen: Das hast du das letzte Mal anders erzählt.«

»Lass ihn doch einfach!«

»Das sagt sich so leicht. Ich darf manche Wörter schon nicht mehr verwenden, weil ich genau weiß, welche Geschichte dann kommt.«

»Zum Beispiel?«

»Zum Beispiel: Brandwart.«

»Was erzählt er, wenn du Brandwart sagst?«

»Das willst du wirklich hören?«

»Ja, ich will es wirklich hören.«

Michael winkte dem Kellner, um zu bezahlen. Aber noch hatte er ein fast volles Bier vor sich, und der Kellner bedeutete ihm, er solle sich kurz gedulden. So musste er weiter zuhören.

»Also, als er noch Lehrling im Rechenzentrum seiner Firma war, gab es da einen Brandwart. Ich habe den Namen vergessen. Er muss sehr dick gewesen sein und hatte seinen Platz in der Portiersloge. Aber weil er so dick war, fühlte er sich beengt und verbrachte den ganzen Tag im Gasthaus gegenüber. Dort saß er am Stammtisch und spielte Schnapsen. Eines Tages brannte es wirklich. Ein Papierkorb hatte Feuer gefangen. Ein Angestellter aus dem Rechenzentrum ging also hinüber ins Gasthaus und fand den Brandwart dort beim Schnapsen am Stammtisch. Der Mitarbeiter sagte zum Brandwart: ›Ich wollte Ihnen nur sagen, dass es drüben brennt.‹ Der Brandwart sah nicht von seinen Schnapskarten auf und antwortete nickend: ›Dieses Bummerl spielen wir noch fertig.‹«

Die zweite Frau lachte: »Die ist aber nicht so schlecht, die Geschichte.«

Als der Kellner kam, bezahlte Michael. Sollte er noch ins Schweizerhaus auf ein Bier gehen? Oder nochmal zu Marina? Nein, sie hatte bestimmt schon frei. Außerdem war er mit einer Bierfahne bestimmt abstoßend. Wenn Marina nun auch im Prater unterwegs war? Wenn er ihr begegnete? Würde sie ihn grüßen? Würde sie sich von ihm auf ein Bier einladen lassen?

Michael verließ den Gastgarten und schlenderte durch den Prater. »Die Geschichte mit dem Brandwart ist wirklich nicht so schlecht«, sagte er zu sich selbst. Und dann: »Ich habe ein gutes Leben.«

5

Am nächsten Tag saß Michael mit Linda im Garten der Klinik. Diesmal war nur ein Gärtner bei der Arbeit. Er hantierte mit einem Schlauch, fluchte, setzte sich auf eine Bank und rauchte.

»Der hat ein gutes Leben«, sagte Michael.

»Nein, der hat kein gutes Leben«, sagte Linda.

Das verärgerte Michael. Linda hatte sich gerade selbst widersprochen. Michael wollte vom Vortag erzählen. Von seinem Spaziergang auf der Donauinsel und von seinem Besuch im Englischen Reiter. Nun aber hatte er keine Lust mehr dazu.

»Warst du gestern unterwegs?«

»Ja.«

»Was hast du gemacht?«

»Ich meine: nein. Ich habe nichts gemacht. Weißt du, ich fühle mich einfach nicht danach, etwas zu unternehmen.«

»Du wirst dich daran gewöhnen müssen.«

»Was hältst du davon, wenn wir nach Kuba fliegen?«

»Wie meinst du das?«

»Wir machen Urlaub in Kuba.«

Linda antwortete nicht. Sie schaute zum Gärtner, der seine Zigarette neben die Bank warf.

»Siehst du, so sind sie! Sie pflegen den Garten und dann werfen sie einfach ihre Zigarettenstummel weg.«

Michael war froh, dass Linda das Thema gewechselt hatte. Es kam ihm nun dumm vor, dass er von Kuba geredet hatte.

»Habe ich dir schon die Geschichte von dem Brandwart erzählt?«

»Welcher Brandwart?«

»Also hör zu!«

»Ach, Michi, mir ist so schlecht. Bringst du mich in mein Zimmer zurück?«

»Natürlich.«

»Meinst du, ich lebe noch ein paar Jahre?«, fragte Linda.

Tatjana

1

Im zweiten Bezirk fressen die Krähen Tauben. Tatjana hat es gesehen. Als Jörg gesagt hat, dass er doch nicht mitkommt zu Patricias Party, ist sie zuerst wortlos aus der Wohnung gegangen. Sie ist wortlos aus der Wohnung gegangen und hat die Tür ein wenig zugeschlagen. Dann ging Tatjana ins Weingeschäft, kaufte eine teure Flasche Champagner und ließ sie in Geschenkpapier verpacken. Während sie wartete, trank sie drei Gläser Prosecco an der Bar. Der Prosecco gab ihr Kraft.

Sie verließ das Weingeschäft und ging wieder nach Hause. Jörg starrte vor sich hin. Er saß wie immer neben seinem Cello, das er seit der letzten Konzertreise vor drei Jahren nicht mehr aus dem Flightcase genommen hatte. Tatjana sagte zu ihm: »Such dir eine Wohnung und zieh endlich aus! Ich will dich hier nicht mehr haben!« Keine Reaktion. Tatjana gab ihm eine Ohrfeige. Dann ging sie ein zweites Mal.

Heulend saß Tatjana auf einer Parkbank im zweiten Bezirk. Sie sah, wie eine Krähe eine Taube tötete. Die Krähe hatte offenkundig kein schlechtes Gewissen. Krähen sind Arschlöcher, dachte Tatjana. Sie wünschte sich schon lange eine Stadt ohne Krähen. Ohne Krähen und ohne Hunde. Jede Partei, die für eine krähen- und hundefreie Stadt einträte, würde sie sofort wählen. Beim Laufen auf der Donauinsel sah sie oft den Müll neben den Tonnen und dachte, was für Schweine das getan hatten. Dann aber sah sie, dass es die Krähen waren, die den Müll herauszogen. Das Problem war: Das durfte man nicht sagen. Sofort hätte man die Tierschützer am Hals. Nur, für wen sind die Tierschützer, wenn Krähen Tauben fressen?

Tatjana stand auf und ging mit dem Champagner in der Hand zu dem Haus, in dem Patricia wohnte. Patricia würde fragen, wo Jörg sei. Tatjana würde sagen müssen, Jörg sei doch nicht mitgekommen. Er lasse sich entschuldigen. Und hinter ihrem Rücken würden alle über sie reden, wie sie den Typen aushalte und warum sie sich nicht von ihm trenne. Sie hatten recht. Trotzdem wollte Tatjana das Geschnatter nicht hören.

Die Verständnisvolleren würden sagen: »Schau, Tatjana, Depression ist eine Krankheit. Jörg ist krank. Er braucht ärztliche Hilfe. Warum tust du dir das an? Du hast ein eigenes Leben.«

Tatjana hatte schon Excel-Listen mit Ausreden angelegt: Ausreden, warum Jörg nicht zu Treffen mitkam, Ausreden, warum er zu ihren Eltern nicht mitkam, Ausreden, warum er keinen Job hatte, keinen Führerschein, kein Geld. Eine der Ausreden, warum Jörg nicht zu Partys mitkam, würde sie heute Patricia erzählen. Denn die Wahrheit – dass sie einen Ex-Cellisten als Freund hatte, der zu Hause saß und sein Cello anstarrte – konnte sie nicht sagen.

Tatjana musste kurz lachen: Die Wörter *Excel-Listen* und *Ex-Cellisten* wurden gleich geschrieben, nur der Bindestrich war an einer anderen Stelle.

2

Niemand auf der Party fragte nach Jörg, niemand außer Tatjanas Schwester Cornelia. »Ich habe ihm gesagt, dass er ausziehen muss«, sagte Tatjana.

Cornelia verzog keine Miene: »Wie oft willst du ihm das noch sagen?«

Wenn man schon angeschlagen war, konnte einen Cornelia völlig niederschmettern. »Was soll ich denn tun?«, fragte Tatjana.

»Pack morgen deine Sachen und zieh zu mir«, sagte Cornelia. »Ich rede mit ihm. Und wenn er weg ist, gehst du wieder in deine Wohnung. Kauf dir eine SIM-Karte mit einer neuen Nummer und gib sie ihm nicht.«

Wortlos ging Tatjana in ein anderes Zimmer. Ein Mann von etwa vierzig Jahren diskutierte dort mit drei Frauen. Eine davon war Anna, eine Freundin von Cornelia. Tatjana stellte sich dazu. Die Frauen baten den Mann, auf der Querflöte ein Stück zu spielen. Er lächelte, schüttelte den Kopf und sagte, die Stücke von Ries, die er gerade spiele, seien für Flöte und Klavier. Anna zeigte auf Tatjana: »Sie kann gut Klavier spielen.«

Der Flötist hieß Manuel, stellte sich bei Tatjana sehr höflich vor und zeigte ihr die Noten der Flötensonate in G-Dur von Ferdinand Ries. Tatjana zögerte: »Den zweiten Satz, Adagio, schaffe ich vielleicht.«

Warum Tatjana sich hatte breitschlagen lassen, wusste sie nicht. Als die Partygäste gerufen wurden und die Stereoanlage abgedreht war, stieg ihr das Blut in den Kopf. Sie spürte den Schweiß in ihren Händen und unter ihren

Achseln. Bestimmt würden alle sehen, wie sie schwitzte. Zum Glück brachte sich Manuel vor ihr so in Stellung, dass er sie ein wenig verdeckte. Tatjana war erleichtert, als sie mit dem Stück durch waren. Es wurde applaudiert.

Zweimal noch unterhielt sie sich lange mit Manuel. Nach der zweiten Unterhaltung fragte er sie, ob sie gemeinsam gehen wollten, er würde sie gerne zur Straßenbahn begleiten. Ein Kavalier alter Schule also. Cornelia verließ die Party lange vor ihnen. »Das war richtig gut, vorhin«, sagte sie zum Abschied. »Du solltest wieder regelmäßig Klavier spielen.«

»Danke«, sagte Tatjana.

»Also, komm morgen«, sagte Cornelia, »du kannst in Timmys Zimmer schlafen. Ich bin um 18:00 Uhr zu Hause. Wenn du vorher kommst, hol dir den Schlüssel im Büro ab.«

Als Tatjana und Manuel die Party schließlich auch verließen, war die letzte Straßenbahn längst gefahren.

3

Sie saßen auf einer Bank vor dem Augarten. Zum Glück waren die Vögel verschwunden.

»Ich will dich küssen«, sagte Manuel.

»Ich habe einen Freund, von dem ich mich gerade trenne. Morgen ziehe ich aus. Willst du mich jetzt noch immer küssen?«, fragte Tatjana.

»Ja!«

»Ich hasse Krähen und Hunde. Ich bin für ein krähen-

und hundefreies Wien. Willst du mich immer noch küssen?«, fragte Tatjana.

»Ja!«

»Und ich hasse Klavierschüler. Ich finde Musiker überhaupt …«

In diesem Moment hatte Manuel sich bereits zu ihr gebeugt und küsste sie. Tatjana wollte nicht darüber nachdenken, seit wie vielen Monaten sie nicht mehr geküsst worden war, aber sie rechnete es exakt aus. Nicht schlecht, dass ihr da ein Lover einfach über den Weg gelaufen war. Fragte sich nur noch, wo der Haken war.

»Die Serenade in D-Dur von Beethoven – wär' das was für uns?«

»Ich bin aus der Übung.«

»Du bist eine Tiefstaplerin. Du hast das Stück heute vom Blatt gefegt. Ohne es zu kennen. Du bist großartig.«

»Danke, dass du das so siehst.«

»Ich sehe es nicht so. Es ist so.«

»Können wir jetzt weiter küssen?«

4

Tatjana packte ihre Sachen noch im Morgengrauen. Sie war froh, dass Jörg noch schlief, als sie die Wohnung verließ. Gegen die Tränen konnte sie nichts machen. Sie nahm ein Taxi und fuhr zu Cornelia, die noch nicht in die Arbeit gegangen war.

Am darauffolgenden Tag fuhr Cornelia zu einer Aussprache mit Jörg. Abends saßen die Schwestern in Cornelias Wohnung beim Essen am Küchentisch. Tatjana hatte Lasagne und grünen Salat gemacht.

»In zwei Wochen ist er raus«, sagte Cornelia. »Am ersten September kannst du wieder in deine Wohnung zurück. Bitte lass das Schloss austauschen.«

»Was hat er gesagt?«, fragte Tatjana.

»Nicht viel«, sagte Cornelia. »Er muss endlich eine Therapie machen. Das geht so nicht weiter.«

»Was hast du zu ihm gesagt?«

»Das ist nicht wichtig«, sagte Cornelia. »Ich bin froh, dass wir ihn los sind.«

Es war typisch, dass Cornelia *wir* sagte. Für Cornelia hatte alles, was sie tat, kollektiven Nutzen. Als Geschäftsführerin führte sie eine Firma. Und als Schwester, Tochter oder Mutter führte sie die Firma Familie. Mit eiserner Hand. Im Alleingang.

»Ich möchte, dass du wieder Klavier spielst und regelmäßig zur Therapeutin gehst.«

»Therapeut. Er ist ein Mann.«

»Noch besser.«

Carl kam nach Hause und setzte sich zu ihnen. Er hatte einige Flaschen selbst gebrautes Bier und bot es Tatjana an. Sie lehnte ab.

»Trink ein Bier. Das beruhigt dich und du schläfst besser«, sagte Cornelia.

»Wenn ich Alkohol trinke, werde ich weinerlich«, sagte Tatjana.

»Hast du eine neue Handynummer?«

Tatjana nickte.

»Schickst du sie Carl und mir?«

Tatjana ging in ihr Zimmer, das eigentlich das Zimmer von Cornelias fünfzehnjährigem Sohn war. Sie schickte ihre Nummer per SMS an Cornelia, Carl und an Manuel. Manuel antwortete sofort: *Ich habe schon auf eine Nachricht von dir gewartet. Können wir uns morgen treffen?*

Tatjana lag auf dem Bett. Sie kam sich wie eine Fünfzehnjährige vor, die sich ins Kinderzimmer zurückziehen musste, um einem Verehrer Nachrichten zu schreiben. Sie war ein Kind, kindlicher als das Kind, das diesem Zimmer schon entwachsen war. Jede Bewegung kostete sie so viel Kraft. Auch wenn es die Wohnung ihrer Schwester war, war sie doch an einem fremden Ort. Sie hatte Hemmungen, aufzustehen und auf die Toilette zu gehen. Und wenn sie etwas brauchte – zum Beispiel Taschentücher –, würde sie es ohnehin nicht finden. Sie müsste in Schubladen kramen und in Schränke schauen, bis Cornelia fragen würde, wonach sie suche. Tatjana wusste nicht, wie sie es morgen schaffen sollte, aufzustehen und einen ganzen Tag durchzuhalten. Langsam tippte sie: *Melde mich morgen. Schlaf gut!* Sie hörte noch das Vibrieren des Mobiltelefons, Manuels Antwort las sie aber nicht mehr. Sie war müde, müde, müde.

5

Als Tatjana ihre Wohnung am 1. September betrat, fiel ihr als Erstes der Geruch auf; jede Wohnung hatte einen eigenen Geruch, nur die, die darin lebten, nahmen ihn nicht mehr wahr. Tatjana hatte Angst vor dem Rundgang, den sie jetzt machen musste. Nicht weil sie befürchtete, Jörg habe etwas mitgenommen, das ihr gehörte, sondern weil sie Angst hatte, dass er noch da war, in der Ecke seines Zimmers saß mit dem Flightcase, aus dem er sein Cello seit Jahren nicht mehr herausgenommen hatte, und die Wand anstarrte.

Doch Jörg war nicht da. Und damit erledigten sich einige Dinge, die Tatjana immer gestört hatten. Zum Beispiel, dass Jörg notorisch Türen, Schubladen oder Küchenkästchen offen ließ. Oder dass er Wasserhähne so fest zudrehte, dass Tatjana immer Schwierigkeiten hatte, sie wieder aufzudrehen. Ganz zu schweigen davon, dass die Dichtungen ständig erneuert werden mussten. Jörg konnte auch nicht einkaufen. Er brachte immer dieselben fünf, sechs Sachen mit, die ohnehin vorrätig waren.

Jörg hatte das Cello mitgenommen, sonst nicht viel. Das japanische Messer, mit dem sie so gerne Gemüse schnitt, das aber eigentlich er geschenkt bekommen hatte, hatte er dagelassen. Tatjana nahm eine verschrumpelte Karotte aus dem Gemüsefach des Kühlschranks und schnitt sie mit dem japanischen Messer in Scheiben. Dabei summte sie den zweiten Satz der Flötensonate von Ferdinand Ries. Eines Tages würde sie Manuel zu sich einladen. Jetzt noch nicht.

6

Der Schlosser, den Cornelia geschickt hatte, war nach zehn Minuten fertig und übergab Tatjana die neuen Schlüssel. Als sie ihre Geldbörse zückte, sagte er, das mit der Rechnung sei bereits erledigt. Tatjana gab ihm fünf Euro Trinkgeld, und schon war er verschwunden. Drei Schlüssel hatte Tatjana nun zu ihrer Wohnung und wusste nicht, wem sie die anderen beiden geben sollte.

Sie fotografierte mit ihrem Mobiltelefon das Bett und gab eine Anzeige in einer Online-Tauschbörse auf: Bett, gratis gegen Demontage und Abholung. Die Anzeige habe bessere Aussichten, wenn sie dort ihre Handynummer angäbe, sagte der Anzeigenassistent. Tatjana musste ihre Nummer vom Display abschreiben, sie wusste die neue Nummer nicht auswendig.

Zehn Minuten später läutete das Telefon. Eine Dreiviertelstunde später kamen zwei verschwitzte Männer mit Akkuschraubern. Weitere zehn Minuten später waren sie verschwunden, und das Bett auch.

7

Zwei Wochen später lud Tatjana Manuel zu sich nach Hause ein. Das Küssen auf Parkbänken, in Cafés und Hauseinfahrten war ihr zu mühsam geworden. Er hatte sie kein einziges Mal zu sich nach Hause eingeladen. Wer weiß, wer dort wohnt, wo er wohnt, dachte Tatjana.

Als er in der Küche saß und Tee trank, kam er ihr zuerst unnahbar vor. Es war der Stuhl, auf dem Jörg immer gesessen hatte. Aber das konnte Manuel nicht wissen. Er hob Tatjana hoch und setzte sie auf den Küchentisch. Sie küssten einander und einige Dinge auf dem Tisch fielen um. Tatjana stand auf und zog Manuel an der Hand ins Wohnzimmer. Dort schlief sie auf einer Matratze, die auf dem Boden lag. Sie hatte es noch nicht geschafft, ein Bett zu kaufen, sich nicht einmal für eine Größe entscheiden können.

Sie zogen sich aus und legten sich auf die Matratze. Tatjana konnte sich nicht mehr vorstellen, wie Sex sich anfühlte. Sie hatte Angst, aber alles ging schnell, und dann war es, wie es immer gewesen war. Nur viel schöner. So wie sie beim Vorspielen des Adagios von Ries drei Wochen vorher schon nach ein paar Takten wusste, dass sie nichts verlernt hatte, so war es auch beim Sex.

Manuel hatte die Noten von Beethovens Opus 41 mitgebracht. Tatjana setzte sich nackt ans Klavier. Der erste Satz war Allegro, und die Flöte begann. Tatjana blätterte weiter zum vierten Satz: Andante mit Variationen. Sie spielte die ersten Takte.

»Siehst du, du kannst auch Beethoven vom Blatt spielen«, sagte Manuel.

Er stand hinter Tatjana. Seine Hände lagen auf ihren Schultern. Er drückte seinen Körper gegen ihren Rücken, bis sie sich umdrehte. Wieder machten sie es auf der Matratze. Danach lag Manuel reglos da und starrte an die Decke.

»Ich bin noch verheiratet, weißt du. Ich muss mich scheiden lassen. Ob ich das überlebe?«, sagte Manuel.

»Glaub mir, man überlebt alles«, sagte Tatjana.

»Ob ich es schaffe, von der Musik zu leben? Ich weiß nicht.«

»Du gibst eben nicht auf, bis du es geschafft hast!«

Tatjana bot Manuel an, noch mit ihr zu essen, aber er sagte, er müsse bald gehen. Er ging aufs WC. Als er wieder herauskam, ließ er die WC-Tür offen. Genau wie Jörg.

8

Tatjana wollte Cornelia nicht zu Hause besuchen. Sie fand, sie habe schon zu viel ihrer Gastfreundschaft in Anspruch genommen. Stattdessen lud sie Cornelia zum Italiener ein. Sie tranken Rosé, obwohl Tatjana wusste, dass das gefährlich war.

»Hast du was mit diesem Flöterich von der Party?«, fragte Cornelia.

»Woher weißt du denn das?«

»Ich weiß nur, dass Patricia und Anna dich mit ihm verkuppeln wollten. Patricia hätte ihn doch auch am Klavier begleiten können.«

»Stimmt, daran habe ich gar nicht gedacht«, sagte Tatjana. Das Carpaccio hatte ihr geschmeckt, aber sie war schon satt. Und sie hatten noch Pasta bestellt. Da half mehr Rosé.

»Ja, wir treffen uns«, sagte Tatjana, »aber ehrlich gesagt: Er kommt nur wegen einer Sache.«

Tatjana hatte Herzklopfen. Es war gefährlich, der

Schwester die Wahrheit zu erzählen. Aber Cornelia blickte nicht einmal von ihrem Teller auf: »Das macht nichts. Ein klassischer Übergangsfreund. Er hat seinen Zweck bereits erfüllt.«

Tatjana war neidisch auf die Abgebrühtheit ihrer Schwester.

»Er hat mir geholfen, verstehst du?«, sagte Tatjana.

»Ich verstehe das gut«, sagte Cornelia, »aber irgendwann gehört er wieder weg.«

»Ich weiß nicht«, sagte Tatjana. »Die Krähen gehören weg. Ganz weg. Die Krähen und die Hunde.«

Etta

1

Marc stand nackt in der Küche und nahm die Weißweinflasche aus dem Kühlschrank. »Möchtest du auch?«, fragte er. Er tastete mit der linken Hand nach einem Weinglas im Schrank, während er aus der Flasche trank.

»Rita und ihr Freund sind heute auch da«, sagte ich.

»Ja, und?«, sagte Marc, schenkte ein und trank aus dem Glas.

»Weil du hier so nackig rumläufst. Kann sein, dass sie gleich zur Tür reinkommen.«

Marc ignorierte mich. Er las das Etikett der Weinflasche oder tat wahrscheinlich nur so. Ich holte den Morgenmantel aus dem Schrankraum und schlüpfte hinein. Dann ging ich in die Küche zurück.

»Und wir sind heute eingeladen. Weißt du noch?«, sagte ich.

»Eingeladen«, wiederholte Marc.

»Bei Verena«, sagte ich.

»Verena, Verena, Verena«, murmelte Marc vor sich hin. Immer noch nackt stand er vor dem französischen Fenster und blickte in den Garten.

Ich verschwand im Badezimmer. Als ich zurückkam, hatte Marc die Flasche ausgetrunken. Gut, sie war vorher schon nicht mehr voll gewesen, aber er hatte eine zweite entkorkt, die ich eigentlich Verena hatte mitbringen wollen. Nun nahm ich auch ein Weinglas, goss mir selbst ein und trank. Marc ging ins Kinderzimmer, das Gästezimmer hieß, seit Rita nicht mehr bei mir wohnte. Wenn Rita kam, war es aber wieder das Kinderzimmer. Marc hatte dort in den letzten Wochen seine Kleidung verstaut; der Schrank war ohnehin fast leer. Er zog sich an, kam aus dem Kinderzimmer und ließ die Tür offen.

»Immer lässt du die Türen offen«, sagte ich.

»Wirklich?«, fragte Marc.

»Kannst du nicht einmal eine Tür hinter dir zumachen?«

»Und was ist dann? Was ist dann anders, wenn sie zu ist?«

»Ich glaube, ich habe es dir schon erzählt.«

»Oft genug«, sagte Marc.

»Warum ist es so schwer für dich …«, sagte ich, aber er unterbrach mich. »Zu oft hast du es mir erzählt! Zu oft!«, sagte Marc. »In diesem Zimmer hat dein Mann mit dem Kindermädchen gebumst. Und sie haben dabei immer die Tür offen gelassen. Nur ist das jetzt zehn Jahre her.«

»Es ist nicht zehn Jahre her«, sagte ich.

»Dann eben neuneinhalb«, sagte Marc. »Und immer geht es nur um Hermann, Hermann, Hermann.«

Ich verschwand wieder im Badezimmer und föhnte mein Haar. Als ich zurückkam, war die Tür zum Gästezimmer zu. Alle anderen Türen auch. Marc hatte ein Blatt vom Druckerpapier genommen, darauf in Blockbuchstaben *SO NICHT!!!* geschrieben und es vor die Wohnungstür gelegt.

2

»Bist du allein?«, fragte Verena, als sie die Tür öffnete.

»Ja«, sagte ich, »Marc ist etwas dazwischengekommen.«

»Ist alles in Ordnung?«

»Ich möchte nicht darüber sprechen.«

Verena führte mich ins Wohnzimmer und fragte mich, was ich als Aperitif wolle. Ich bat sie, mir nur ein Glas Wasser zu bringen, und setzte mich zu den anderen Gästen.

In den nächsten anderthalb Stunden redete ich nicht viel. Es wurde diskutiert, wie man die Überproduktion von Lebensmitteln verteilen könnte, um das Elend auf der Welt zu lindern. Bei Verena wurden immer solche Fragen diskutiert, da saß ein Retter der Welt neben dem anderen. Ich hatte Respekt vor der Ernsthaftigkeit, war aber zu müde, um zu folgen. Ich aß Verenas Risotto. Dann das Tiramisu. Ich trank einen Espresso und schaute immer wieder aus dem Fenster. Traurig blickten mich Verenas Pflanzen auf dem Balkon an. Sie brauchten dringend jemanden, der sich um sie kümmerte.

Zwei- oder dreimal verwickelte mich einer der Gäste in das Gespräch, meist suchte man meine Zustimmung. Jede Wirtschaftskrise habe das Gefälle zwischen Arm und Reich nur vergrößert, anstatt die Einsicht zu befördern, dass man gegenarbeiten müsse. Ich muss ziemlich müde oder geistesabwesend erschienen sein, man wartete nicht auf meine Antwort. Ich überlegte, wo Marc wohl hingegangen sein könnte. Hoffentlich ließ er sich nicht volllaufen. Er musste ja morgen zur Arbeit. Es war Dienstag.

»Wir müssen morgen alle arbeiten«, sagte ein Gast, als er und seine Frau aufstanden und sich verabschiedeten. Nun gingen alle. Auch ich wollte mich ihnen anschließen.

»Etta und ich haben das Privileg, dass wir morgen nicht aufstehen müssen«, sagte Verena.

»Stimmt«, sagte ich, »das ist auch eine Art Reichtum. Und wir geben nichts davon her.«

»Du bleibst doch noch und trinkst ein Gläschen Spätlese mit mir, oder?«, fragte Verena.

Eigentlich wollte ich gehen. Ich hatte auf einen Anruf von Rita gewartet. Ich schrieb ihr eine SMS. Marc hatte nicht geschrieben. Aber plötzlich war ich so träge. Ich wollte nicht in die leere Wohnung zurück und sank auf Verenas Sofa. Sie brachte den Servierwagen und zeigte mir ihre Dessertweine.

»Ehrlich gesagt«, sagte ich, »hätte ich jetzt gerne einen deiner Cocktails. Einen, der so richtig einfährt.«

»Negroni«, sagte Verena.

»Ja, Negroni«, sagte ich.

3

Ich glaube, wir sprachen über etwas ganz anderes, über die Pflanzen auf dem Balkon oder darüber, was wir studieren würden, wenn wir jetzt achtzehn Jahre alt wären. Doch plötzlich sagte ich: »Weißt du, Marc hat recht.«

Verena nahm meine Hand. Das irritierte mich.

»Vielleicht geht es nicht darum, wer recht hat und wer nicht oder ob überhaupt jemand recht hat«, sagte Verena.

»Stimmt! Nur weiß Marc das nicht«, sagte ich. Der erste Schluck vom Negroni war immer der beste. »Ich habe meine alten Tagebücher in einer versperrbaren Schreibtischschublade. Tagebücher aus über zwanzig Jahren. Weißt du, ich geniere mich für diese Tagebücher. Aber regelmäßig lese ich darin. Hoffentlich wird Rita sie niemals in die Hände bekommen. Wenn ich sterbe und man die Tagebücher findet … Oh Gott! Wie unangenehm.«

»Du gießt deine Pflanzen täglich«, sagte Verena, »während ich sie verkommen lasse.«

»Das ist ja das Gefährliche«, sagte ich. »Ich habe mein Diplom über Doderer gemacht. Ich weiß doch, dass er andauernd die Schubladen und Schränke seiner Schwestern aufgebrochen hat, um sich aus ihren Tagebüchern Geschichten für seine Romane zu holen.«

Wir schwiegen lange. Verena machte einen zweiten Negroni. Sie brachte ihn und setzte sich. Plötzlich fühlte ich mich leicht. Meine Hände baumelten vom Sofa.

»Hermann und ich waren zehn Jahre zusammen und schon acht Jahre verheiratet, als Rita zur Welt kam«, sagte ich. »Bis dahin hatten wir einfach das Leben anderer imitiert, versucht, das zu tun, was andere auch taten. Ich war erst zwanzig, als Björn kam. Ich habe es noch nie jemandem gesagt, aber es steht in meinem Tagebuch: Ich hatte keine Freude daran, Björns Mutter zu sein. Er war ein verschlossenes, nerviges, ständig weinendes Kind. Hermann hatte Angst, Björn könnte autistisch sein. Ich musste Hermann beruhigen. Und doch hatte ich keine Geduld mit Björn. Selbst seine Erfolge in der Schule machten mich skeptisch. Mit zehn wollte er ins Internat, und nach anfänglicher Gegenwehr ließen Hermann und ich es zu. Und weißt du warum? Weil wir erleichtert waren, ihn los zu sein. Und gerade im September 2001, als Björn ins Internat ging, kam Rita zur Welt.«

Verena hatte lange nichts gesagt, aber ich glaube, in diesem Moment sagte sie: »Rita ist wunderbar.« Oder: »Sie ist ein wunderbarer Mensch.« Sie hatte eine Karaffe Wasser auf den Couchtisch gestellt, aber wir tranken beide nicht davon.

Ich redete einfach weiter: »Zu Beginn meiner zweiten Schwangerschaft wollte Hermann die Abtreibung und, um ehrlich zu sein, ich auch. Dann aber entschloss ich mich, das Kind zu bekommen. Und dann war alles vom ersten Augenblick an anders. Rita lachte, suchte Körperkontakt und saugte schmatzend und mit Hingabe an meiner Brust. Bis 2001 hatten Hermann und ich einmal die Woche Sex; man hätte die Uhr danach stellen können. Wir dachten beide, es darf nicht nicht sein, es darf aber auch nicht zu oft sein. Ich vermied es, mit anderen Frauen darüber zu reden. Hermann und ich waren beide katholisch erzogen worden und sprachen aus Scham nicht über solche Dinge. Wenn ich Rita an meiner Brust schmatzen hörte, wurde mir heiß und kalt. Wenn sie schlief, bat ich Hermann im Bett, meine Brustwarzen zu berühren. Er fand bald heraus, wie ich das gerne hatte. Ich bin dabei oft weggedriftet. Manchmal hatte Hermann Angst um mich. Richtige Angst.«

»Erzähl weiter!«, sagte Verena.

»Wir hatten täglich Sex. Er musste nur, während er etwas in den Kühlschrank zurückstellte, an mir vorbeigehen und mich dabei kurz an der Hüfte berühren, schon konnte ich es nicht mehr erwarten, dass Rita eingeschlafen war. Oft habe ich die Details am nächsten Tag genau aufgeschrieben. Ich schäme mich dafür, dass sie auf Papier geschrieben stehen; andererseits muss ich mich regelmäßig vergewissern, dass es so gewesen ist. Fast zwei Jahre ging das so. Hermann ging abends kaum weg, sagte viele Termine ab. Ich bat ihn, seine Arbeit und seine Freunde nicht zu vernachlässigen, dennoch war ich froh, dass er abends da war. Nachdem Rita eingeschlafen war, kam er zu mir. Er interessierte sich zuerst kaum für Rita. Dann aber sah er immer öfter zu, wenn ich ihr die Brust gab. Eigentlich wollten wir nicht Sex haben, wenn Rita wach war, es war aber nicht zu verhindern, denn wir gerieten einfach in wenigen Sekunden in diesen Sturm; er nahm uns mit und trug uns fort. Als ich Rita abstillte, wurde Hermann unzufrieden. Ich reagierte gereizt auf seine Gereiztheit. Aha, dachte ich, es liegt nicht an mir, es geht nur um meine Brüste. Ich fühlte mich benutzt. An diesem Punkt schaffte Hermann es aber das einzige Mal in unserem Leben, etwas zu klären. Er bat mich, dass er, wenn ich Rita abstillte, täglich von meiner Brust trinken dürfe. Er habe Angst, krank zu sein, aber die Wahrheit sei nun einmal, dass er noch nie zuvor eine solche Anziehung verspürt habe. Natürlich tat ich es. Ich wollte es ja selbst.«

Der Negroni stand weit von mir entfernt auf dem

Couchtisch. Ich beugte mich vor und nahm das Glas, nippte daran, stellte es aber nicht auf den Tisch zurück.

»Und dann … dann dachte ich immer öfter, dass Hermann krank ist«, sagte ich. »Krank oder pervers. Auf seinem Schreibtisch hatte er ein Foto von Björn und eines von Rita. Auf diesem Foto hatte Hermann Rita mit einem schwarzen Stift Brüste gezeichnet. Ich war schockiert.«

»Hast du ihn darauf angesprochen?«, fragte Verena.

»Nein. Nein, wir … Wir haben damals nicht viel miteinander gesprochen. Ich weiß es nicht mehr. Ich hatte irgendetwas verpasst. Plötzlich lief das Leben an uns vorbei: Ich ging wieder arbeiten. Es war gar nicht nötig, denn Hermann verdiente sehr gut. Jedes Jahr kaufte er ein größeres Auto. Er redete plötzlich von einem dritten Kind. Als seine Mutter starb, legten wir unsere Wohnung mit der seiner Mutter zusammen. Hermann meinte, es sei so viel Platz. Es könne doch jemand da sein, der sich um Rita kümmere. Und dann kam sie: die Hure. Sie liebte Rita. Sie hat sich wirklich um sie gekümmert. Aber mit Hermann war es von einem Tag auf den anderen aus. Ja, er ging noch mit mir ins Bett, aber er tat es nur, um sie eifersüchtig zu machen. Er ließ die Tür immer offen, damit sie uns hören konnte. Und auch wenn er es mit ihr trieb, ließ er die Tür offen, damit ich die beiden hören konnte. Weißt du, warum Marc und ich heute gestritten haben?«

»Du sagst es mir gleich«, sagte Verena.

»Weil er die Tür zum Kinderzimmer offen gelassen hat«, sagte ich und begann zu weinen. »Er hat diese verdammte Tür nicht zugemacht, und ich bin ausgerastet. Und dann ist er ausgerastet und hat gesagt, ich rede nur von Hermann.«

Es war angenehm, dass Verena darauf nichts sagte.

»Und er hat recht«, sagte ich. »Ich bin froh, wenn Marc wegläuft. Es ist das Beste, was er tun kann. Es ist ganz richtig. Und ich weiß jetzt eines: Ich will nichts anderes als Hermann zurückhaben. Rita hat mir erzählt, dass er sich von der Hure scheiden lassen will. Sie gehen schon zu einer Mediatorin. Es ist so anstrengend, jemand Neuen in seinem Leben zu haben. Und wie soll Marc meine Vergangenheit ertragen? Unsere Wohnung? Unser Zimmer? Rita? Es ist alles noch da. Er spürt, dass da kein Platz für ihn ist. Du hältst mich für verrückt. Oder betrunken. Ich bin beides. Aber ich sage dir: Ich will Hermann zurück.«

Ich ging auf die Toilette, und als ich zurückkam, standen zwei neue Negroni auf dem Couchtisch. »Ob ich noch einen schaffe?«, sagte ich, als ich mich wieder setzte.

»Du kannst ihn auch stehen lassen. Willst du hier schlafen?«, fragte Verena.

Ich sagte sofort zu, ich weiß nicht warum. Ich schrieb Rita eine SMS.

»Hat Marc sich gemeldet?«, fragte Verena.

»Nein«, sagte ich, »ich schreibe Rita, dass ich bei dir schlafe.«

»Wie mutig du bist!«, sagte Verena. »Ich bin mein Leben lang feig gewesen. Daran ist meine Mutter schuld. Meine Mutter war ein Mauerblümchen.«

»Siehst du«, sagte ich, »und ich bin genauso ein Mauerblümchen wie deine Mutter.«

»Wie kannst du so etwas sagen?«, sagte Verena. Sie

wurde sehr ernst. »Nimm das bitte zurück! Du bist eine gebildete Frau. Du hast studiert.«

»Ich muss mich mit Marc versöhnen«, sagte ich.

»Du musst gar nichts«, sagte Verena.

»Verena, ich bin sechsundvierzig. Glaubst du, ich finde so leicht jemanden?«

»Du siehst fünfzehn Jahre jünger aus.«

»Danke!« Ich trank mein Glas aus und füllte es mit Wasser aus der Karaffe. Ich stellte mir vor, bei Verena zu wohnen und jeden Abend mit ihr solche Gespräche zu führen.

»Du hast wirklich etwas erlebt«, sagte Verena. »Das ist schön. Ich habe nichts erlebt. Nur Diskussionen, Diskussionen, Diskussionen. Kämpfe um dieses und Kämpfe um jenes. Und was habe ich jetzt davon? Der Feminismus ist eine einzige Katastrophe. Wenn man sich die jungen Frauen heute anhört, muss man verzweifeln. Wir waren schon viel weiter vor zwanzig Jahren, aber das darf man ja nicht sagen.«

4

Über dieser Diskussion müssen wir eingeschlafen sein. Als ich aufwachte, lag ich im Kleid auf Verenas Sofa. Verena hatte schon Tee gemacht. Ich suchte nach meinem Mobiltelefon. Keine Anrufe, keine Nachricht. Überraschenderweise fühlte ich mich gut. Kein Kater. Wir tranken Tee und gingen auf den Balkon, um nach den Pflanzen zu sehen.

»Wie schafft man es, sie richtig zu gießen?«, fragte Verena.

»Ganz einfach: Du befüllst die Gießkannen am Vortag. Am nächsten Tag gießt du damit die Pflanzen. Die Kakteen und die Aloe vera stellst du zusammen in eine Ecke, die bekommen nur einmal die Woche ganz wenig Wasser. Die anderen gießt du täglich.«

»Kommst du bald wieder und erzählst mir die Geschichte von gestern noch einmal?«, fragte Verena.

»Oh, bitte nicht«, sagte ich, »es ist mir sehr peinlich, dass ich dir das alles erzählt habe.«

»Es war wirklich schön.«

Verena umarmte mich zum Abschied. Ich betrachtete mich noch kurz im großen Spiegel im Vorzimmer. Ich fand nicht, dass ich zerstört aussah. Trotzdem nahm ich den Waldweg nach Hause, um niemandem zu begegnen. Im Wald öffnete ich den BH unter meinem Kleid. Ich zog ihn unter dem Kleid hervor und warf ihn einfach auf den Boden. Seit fünfzehn Stunden beengte mich das Ding schon. Ich wusste wirklich nicht, warum ich überhaupt einen BH angezogen hatte.

Als ich beim Gartentor ankam, stand Hermanns Auto da. Er hantierte im Kofferraum. Ich begrüßte ihn.

»Die beiden packen gerade«, sagte Hermann. »Wir gehen schwimmen.«

»Ist gut«, sagte ich.

Hermann sollte mich anschauen, auf meine Brüste starren. Also bückte ich mich und riss ein paar Halme Unkraut aus.

»Ich muss dir etwas sagen, Etta«, sagte Hermann.

»Schon gut. Ihr seid geschieden«, sagte ich.

»Seit zwei Wochen.«

»Tut mir leid für dich. Aber nicht für die Hure.«

»Etta, bitte sprich nicht so«, sagte Hermann, »nicht vor Rita!«

»Rita hört mich nicht«, sagte ich.

»Björn möchte, dass wir diesmal alle nach München fahren an seinem Geburtstag«, sagte Hermann, »Rita, du und ich. Er würde sich so freuen. Bitte, komm mit! Dein … dein Freund …«

»Marc …«

»Marc kann auch mitkommen«, sagte Hermann. »Ihr nehmt ein Doppelzimmer. Ich meine das ernst.«

Ich schüttelte den Kopf: »Marc ist Geschichte.«

»Das tut mir leid für dich«, sagte Hermann.

»Das muss es nicht«, sagte ich. »Der Herr hat gegeben. Der Herr hat genommen. Gepriesen sei der Herr.«

»Es kommt wieder etwas anderes«, sagte Hermann.

»Du Arschloch«, sagte ich.

»Komm! Du siehst zehn Jahre jünger aus«, sagte Hermann. »Wirklich.«

»Das ist nicht das Höchstgebot«, sagte ich. »Verena hat gestern gesagt, ich sähe fünfzehn Jahre jünger aus.«

Hermann schwieg.

Ich wollte sagen: »Noch vor ein paar Wochen warst du für mich das Arschloch mit der Hure. Jetzt bist du nur noch das Arschloch.« Es lag mir auf der Zunge. Aber ich sagte es nicht.

Claudia

1

Zwei Wochen waren seit Claudias vierzigstem Geburtstag vergangen. Alles, was in der Wohnung noch daran erinnerte, waren die Heliumballons, die sie geschenkt bekommen hatte. Tagelang hatten sie an der Zimmerdecke geklebt, doch als Claudia am Wochenende aufstand und frühmorgens auf die Toilette ging, sah sie, dass einer der Ballons mitten im Zimmer schwebte.

An diesem Tag sollte Thierry – wie jeden Samstag – Cora abholen und vier oder fünf Stunden mit ihr verbringen. Diese Stunden waren die einzige Zeit in der Woche, die Claudia für sich hatte. Meist duschte sie, zog sich elegant an und ging in ein Kaffeehaus. Sie wollte sehen, was für Männer dort allein herumsaßen. Und sie wollte von den Männern gesehen werden.

Auch an diesem Samstag zog sie ihre Tochter an und wartete, bis Thierry läutete. Sie übergab die Tochter gerne gleich an der Eingangstür, denn sie wollte nicht, dass Thierry die Wohnung sah. Thierry kam pünktlich und Claudia gab ihm Coras Poncho mit, falls es regnete.

Dann legte sich Claudia in die Badewanne. Sie chattete ein wenig mit ihrer Freundin Dana, die für den Nachmittag ihren Besuch ankündigte. Als Claudia aus der Badewanne stieg, beschloss sie, bevor sie wegging, doch noch staubzusaugen. Außerdem mussten die Zeitungen, die so viel Platz brauchten und ohnehin nie gelesen wurden, endlich entsorgt werden.

Ein Badetuch um die Hüfte gewickelt und ein Handtuch auf dem Kopf begann sie sich mit dem Staubsauger durch die Wohnung zu arbeiten. Als sie am Ende des Wohnzimmers angelangt war, erschrak sie. Sie hatte das Gefühl, jemand stünde hinter ihr. Vor Schreck stieß sie mit dem Staubsauger die Gießkanne für die Zimmerpflanzen um, das Wasser rann über den Parkettboden.

Claudia drehte sich um. Der Heliumballon war ihr gefolgt und hing nun genau auf Kopfhöhe hinter ihr. Plötzlich rührte Claudia die Vorstellung, dass der Ballon ihr absichtlich gefolgt war. Sie wollte ihn umarmen, doch da wich der Ballon zwei, drei Meter zurück und schwebte wieder höher in Richtung Decke.

Es wurde nichts mit dem Weggehen. Claudia zog eine zerschlissene Trainingshose und ein altes T-Shirt an und widmete sich den ungelesenen Zeitungen. Wieso schaffte sie es nicht, das Abo der *Süddeutschen* zu kündigen? Früher, als Cora noch nicht auf der Welt gewesen war, hatte sie die Zeitung oft an einem Tag ausgelesen, Artikel, die ihr wichtig waren, ausgeschnitten und in einer Mappe gesammelt. Jetzt landete die Zeitung täglich in der Ecke des Arbeitszimmers. Stapel von ungelesenen Zeitungen beschimpften und verfluchten Claudia. Sie schrien sie an. Claudia nahm das Feuilleton aus jeder Zeitung heraus, legte es auf einen separaten Stoß, um es aufzubewahren, und warf die restliche Zeitung in einen Papiersack. Sieben solcher Säcke standen schon im Wohnzimmer. Irgendwann würde sie dazu kommen, die Feuilletons zu lesen.

Mit Büchern war es nicht anders. Besonders unsensible Freundinnen und Bekannte, vor allem aber ihre Mutter, schenkten ihr immer noch Bücher. Wenn sie überhaupt begann eines dieser Bücher zu lesen, kam sie meist nicht weit. Wenn zum Beispiel eine Autorin oder ein Autor den Ausdruck *miteinander schlafen* verwendete, klappte Claudia das Buch sofort zu und konnte keine Zeile weiterlesen. Sie mochte keine Bücher, in denen Menschen *miteinander schlafen*. Sie mochte auch Menschen nicht, die *miteinander schlafen* sagten.

2

Es läutete, Claudia öffnete. Sie dachte, sie hätte vielleicht irgendetwas bestellt; neuerdings kamen die Lieferdienste sogar am Samstag. Aber es war Thierry. Claudia blickte auf die Uhr. Thierry und Cora waren nur etwas mehr als zwei Stunden weg gewesen.

Thierry trug Cora, die Kleine schlief. »Sie schläft«, sagte Thierry. Als könnte Claudia das nicht sehen! Thierry schaffte es wirklich, sie wenige Sekunden nach seinem Erscheinen schon zu nerven. Die Kleine war eingeschlafen, also brachte Thierry sie anderthalb Stunden früher zurück als vereinbart.

Thierry übergab das Kind Claudia, die Cora mit dem linken Arm umklammerte und mit der rechten Hand ihre Wangen streichelte. Die Kleine machte kurz die Augen auf und strich eine Locke aus ihrem Gesicht. Thierry ging um Claudia herum, um Cora einen Kuss zu geben.

»Also ciao, mein Schatz, ich komme bald wieder«, sagte er. Als er Cora küsste, kam er Claudia sehr nahe. Sie ertrug diese Nähe nicht. Sie hielt still. Als Thierry gegangen war, lief ihr ein Schauer über den Rücken, und sie musste sich kurz schütteln.

Claudia legte Cora auf das Sofa und deckte sie zu. Claudia ekelte sich vor Thierry. Der arme Thierry, wie ihre Mutter immer sagte, war ein guter Vater. Es gab nichts, was man ihm vorwerfen konnte. Gerade das fand Claudia an ihm am unerträglichsten. Diese Ministrantenbravheit. Dieses Liebling-aller-Schwiegermütter-Auftreten.

Als Cora erwachte, schrie sie: »Papa! Papa!« Claudia nahm die Kleine und trug sie durchs Zimmer, aber sie war nicht zu beruhigen. Auch Schokobananen halfen in diesem Fall nicht. Oft fragte Cora: »Mama, darf ich Schokobananen?« Claudias Erlaubnis wurde dann an eine Bedingung geknüpft, und die Bedingung wurde eingehalten. An diesem Tag gab Claudia Cora ohne Bedingungen Schokobananen. Cora rührte sie nicht an und schrie weiter nach ihrem Papa.

Claudia schrieb Dana, sie könne jetzt schon kommen. Dana schrieb zurück, sie mache sich gleich auf den Weg. Sie hatten noch gemeinsam in die Stadt gehen wollen, das war nun hinfällig. Claudia hätte ins Café gehen sollen, anstatt sich den Zeitungen zu widmen. Sie musste kurz weinen. Die Rabattmarken für den Supermarkt, die sie seit Wochen sammelte, konnte man nur heute einlösen, sie musste also auch noch einkaufen gehen.

Wäre Dana jetzt hier, könnte Cora mit ihrem vierjährigen Sohn Felix spielen. Das wäre die Rettung. So blieb nichts anderes übrig, als den Fernsehapparat einzuschalten und Cora ihre Lieblingsserie sehen zu lassen. Eigentlich war Claudia gegen viel Fernsehen, aber manchmal half nichts anderes. Opium fürs Kind. Am Morgen hatte sie in der Zeitung gelesen, dass die Mohntorte einer bestimmten Bäckerei wegen erhöhten Morphingehalts aus dem Handel gezogen worden war. Vielleicht sollte sie mit ihren Rabattmarken lauter Mohntorten kaufen.

Wie an jedem Wochenende bekam Claudia auch an diesem Tag eine lange SMS von ihrer Chefin, die ihr erklärte, worauf sie in der darauffolgenden Woche in der Arbeit zu achten habe und welche Angelegenheiten *ASAP* erledigt werden müssten. In der Arbeit wurde die Chefin Asap genannt, weil sie diese Abkürzung aus den Urzeiten des Netzes regelmäßig verwendete. Die Asap nahm in ihrem Zeitmanagement auf alleinerziehende Mütter keine Rücksicht, sie war selbst eine. Sie hatte einen zehnjährigen Sohn und fünfjährige Zwillinge, und wenn sie das schaffte, mussten es die anderen auch schaffen.

Es läutete. Dana stand mit Felix in der Tür.

»Oh, du hast Felix dabei«, sagte Claudia.

»Hans musste nochmals ins Büro«, sagte Dana und gab Claudia einen Karton.

»Was ist das?«, fragte Claudia.

»Eine Torte.«

»Super! Danke! Eine Mohntorte?«

»Nein. Ich wusste nicht, dass du Mohn magst«, sagte Dana.

Claudia war zu müde, den Scherz zu erklären. Es war auch ein schlechter Scherz. Die Kinder verschwanden sofort im Kinderzimmer, Claudia machte den Fernsehapparat aus und bat Dana an den Küchentisch.

»Wir wollen noch in die Luftburg gehen«, sagte Dana. »Was ist denn in diesen Säcken?«

»Die *Süddeutsche* der letzten Monate.«

»Was machst du damit?«

»Wegwerfen. Ich habe keinen Platz mehr.«

»Warte noch damit. Hans will sie bestimmt haben. Ich schreibe ihm gleich«, sagte Dana. Sie ging zu dem Stapel mit den Feuilletons.

»Diesen Stoß nicht«, sagte Claudia, »das ist das Feuilleton; das möchte ich noch lesen.«

»Ach so! Also, ob Hans die Zeitungen nimmt, wenn sie nicht komplett sind, weiß ich nicht.«

Cora kam weinend aus dem Kinderzimmer und musste getröstet werden. Claudia füllte einen Becher mit Schokobananen und brachte ihn ins Kinderzimmer. Sofort stürzten sich die Kinder auf die Schokobananen und Claudia konnte in die Küche zurückgehen.

»Ich bin eine Rabenmutter«, sagte Claudia. »Wenn ich meine Haare färbe, untersuche ich immer meine Kopfhaut – ob da nicht doch die drei Sechser eintätowiert sind.«

»Immerhin hast du Zeit, die Haare zu färben.«

»Ich habe sogar Zeit fürs Staubsaugen«, sagte Claudia. »Überall sind Schokoladenreste von diesen Schokobananen. Das Kind isst keine Pommes, keine Würstchen und kein Eis, dafür aber kiloweise Schokobananen.«

Claudia zeigte Dana die SMS, die sie von ihrer Chefin erhalten hatte.

»Das ist ja ein ganzer Roman.«

»Du musst nicht alles lesen.«

»Die meint das ernst, oder?«

3

Später gingen sie zu viert zur Luftburg. Sie bezahlten für die Kinder Eintritt, ließen sich den Stempel für den Sammelpass geben, zogen den Kindern die Schuhe aus, und schon verschwanden sie in einem luftgefüllten Einhorn, um dort zu hüpfen.

»Ich muss noch einkaufen gehen«, sagte Claudia.

»Warst du heute im Café?«, fragte Dana.

»Wann denn?«

»Und hier? Hier gefällt dir keiner?«

»Bitte, fang du nicht auch noch an!«

»Der da drüben mit dem schwarzen Pullover schaut dauernd zu dir her.«

»Nicht schon wieder ein sanfter Mann«, sagte Claudia und malte bei *sanft* Anführungszeichen in die Luft. »Der kann in einem Jesus-Film den Petrus spielen.«

»Du bist gemein!«

»Du weißt, ich habe die drei Sechser eintätowiert.«

Claudia erzählte Dana, dass sie als Kind regelmäßig zur Beichte gehen musste. Der Priester, Pater Krawagna, war ein strenger Mann. Alle Kinder hatten Angst vor ihm, auch Claudia. Trotzdem beschloss sie eines Tages – sie war neun oder zehn Jahre alt –, dem Priester die Augen zu öffnen und ihm die Scheinheiligkeit seiner Gemeinde klarzumachen. Sie konnte ihm das nur bei der Beichte sagen, also erklärte sie ihm im Beichtstuhl, sie könne die Falschheit der Menschen, die am Sonntag zur Kirche gingen, nicht mehr ertragen. Die Frauen kämen nur, um schlecht über die zu reden, die nicht anwesend waren, und ihre neuen Kleider vorzuführen. Die Männer gingen überhaupt nur zur Kirche, weil es sich eben gehöre. Sie stünden ohnehin ganz hinten und verschwänden unauffällig schon vor dem Ende der Messe, um im Gasthaus Wein zu trinken. Niemand von der Gemeinde halte sich an die Gebote Gottes oder lese jemals in der Bibel, niemand liebe seinen Nächsten, alle hassten gerade die Nachbarn besonders, und die, die die Ersten in der Kirche seien, müssten – wenn es wirklich eine Gerechtigkeit gebe – die Letzten im Himmelreich sein, eigentlich aber in die Hölle kommen für ihre Verlogenheit. Pater Krawagna hörte sich das alles wortlos an und sagte am Schluss: »Üblicherweise beten wir das ›Vater unser‹ und ›Gegrüßet seist du, Maria‹, wenn wir um Erlass unserer Sünden bitten. Du aber, mein Kind, bete zum heiligen Michael, denn auch er war vom Teufel besessen.«

Zwei Stunden später machten die vier sich auf den Heimweg. Die Kinder entdeckten bei einer Baustelle im Prater eine tiefe Pfütze, die von den Regenfällen der letzten Tage geblieben war, und begannen darin herumzuhüpfen. Ihre Schuhe waren sofort durchnässt, Schlamm und Wasser spritzten auf ihre Kleider, in ihre Haare und Gesichter. Claudia war genervt und versuchte, die Kinder zum Weitergehen zu bewegen. Dana sah ihnen genüsslich zu: »Ach, lass sie doch. Das sind Kinder.«

Es mussten diese weiblichen Hormone sein, dachte Claudia, die Mütter zu so tiefgreifenden Erkenntnissen befähigten: *Das sind Kinder.* Nie wäre sie auf diese Idee gekommen. Aber sie war ja auch vom Teufel besessen.

4

Die Kinder spielten in Coras Zimmer. Dana und Claudia saßen im Wohnzimmer bei einem Glas Prosecco.

»Erst am Vormittag habe ich aufgeräumt. Und jetzt sieht es schon wieder aus, als hätte eine Bombe eingeschlagen«, sagte Claudia.

Dana nahm einen Schluck vom Prosecco. Claudia sah, wie der Heliumballon sich Dana von hinten näherte. Dana drehte sich um und griff nach dem Ballon.

»Der mag mich«, sagte sie.

»Ja, dich mag er. Vor mir ist er heute geflüchtet«, sagte Claudia.

Mathilde

Seit einer Stunde starrte Mathilde auf das Display ihres Mobiltelefons. Paulus ging absichtlich ins Badezimmer und wusch sich die Hände, nur um Mathilde beim Zurückkommen über die Schulter schauen zu können. Sie hatte ihren Kalender geöffnet. Für den heutigen Tag, 16. August, war kein einziger Termin eingetragen. Sobald sich das Display des Mobiltelefons automatisch ausschaltete, entsperrte Mathilde es und starrte wieder darauf.

»Ich freue mich schon auf den Mostheurigen«, sagte Paulus.

Er war angezogen und fertig zum Gehen. Um diese Zeit erwischte man vielleicht noch einen guten Tisch ganz vorne, wo man zuerst in der Abendsonne säße und dann den Sonnenuntergang beobachten könnte.

»Ich schaff es heute nicht«, sagte Mathilde.

»Was schaffst du nicht?«, fragte Paulus.

»Frag doch andere Gäste, ob sie mit dir hinaufgehen wollen. Dann kannst du dich unterhalten. Ich will dir die Freude nicht verderben.«

»Was hast du denn?«, fragte Paulus.

»Ich weiß es nicht. Ich bin so matt«, sagte Mathilde. »Vielleicht habe ich Heimweh.«

»Heimweh? Wir sind den zweiten Tag im Urlaub und du hast Heimweh?«

»Bitte geh und lass mich! Ich will einfach nicht darüber reden. Nicht diskutieren und nichts erklären müssen. Ich weiß es ja selbst nicht.«

Paulus war verärgert. Sie hatten an diesem Tag bereits eine Wanderung abgekürzt. Mathilde hatte unterwegs immer wieder geklagt, sie schaffe die ganze Strecke nicht mehr. Paulus glaubte ihr nicht. Zu Hause war sie rund um die Uhr beschäftigt. Seit sie im Ruhestand war, war ihr Terminkalender voll. Sie kümmerte sich dreimal die Woche um das Enkelkind, ging mit ihm schwimmen, Eis essen, zu Spielplätzen oder in Museen. Auch die Tochter der Nachbarin holte sie regelmäßig vom Kindergarten ab. Sie betreute Flüchtlinge und holte für sich und andere Hausparteien Wein und Frizzante von einem Bioweingut. Wochenlang standen die leeren Flaschen im Vorraum, weil sie an einem bestimmten Tag im Monat zurückgebracht werden mussten. Mathilde besorgte Bioprodukte von einem Händler in der Stadt. Und Biomilch von einem Biobauern. Niemand mochte die Biomilch. Paulus wagte es nicht zu sagen, aber einmal hatte die Tochter der Nachbarin in kindlicher Offenheit erklärt, sie wolle keine Biomilch, sondern »Milch ohne Kuh« trinken. Sie meinte damit die pasteurisierte Milch im Tetrapak, die es im Supermarkt gab.

Mathilde ging dreimal die Woche zur Kirche, arbeitete ehrenamtlich in der Pfarrbibliothek und war die Vertrauensfrau der Hauseigentümerversammlung. Damit war sie die Ansprechperson, wenn es etwas mit der Hausverwaltung zu regeln gab. Mathilde war Mitglied in zig WhatsApp-Gruppen. Wenn ihr Telefon nicht auf lautlos geschaltet war, ertönte das Signal für eine eingehende Nachricht alle paar Minuten, auch nachts. Mathilde hatte unendlich viel Energie. Und nun saß sie im Zimmer und behauptete, sie schaffe es nicht, zum Mostheurigen zu gehen.

Paulus machte sich allein auf den Weg. Die Wolken, die im Westen aufzogen, machten ihm Sorgen. Das hatte ihm gerade noch gefehlt, dass ihm nun auch noch das Wetter den Most und die Brettljause verdarb, auf die er sich schon das ganze Jahr gefreut hatte. Er ging ins Ortszentrum, von wo der Weg steil bergauf bis zum Waldrand führte. Mittendrin blieb er stehen und drehte sich um. Er war nicht sicher, ob er richtig gegangen war. Auf diesem Weg war er immer Mathilde gefolgt, die einen guten Orientierungssinn und vor allem ein großartiges Gedächtnis hatte. Vielleicht hätte er im Dorf später abbiegen müssen? Aber bergauf zu gehen konnte nicht falsch sein, der Heurige lag ja etwa hundertfünfzig Höhenmeter über dem Dorf; daher war der Ausblick so schön.

Der erste Regentropfen fiel. Paulus beschloss weiterzugehen. Er ging ein Stück durch den Wald und fand bald die Markierung des Wanderwegs. Er war also richtig. Allerdings glaubte er sich zu erinnern, dass der Weg zum Heurigen mit eigenen Schildern gekennzeichnet war, an denen, wenn der Heurige offen hatte, ein kleiner Kranz mit einer Schleife hing. So war es zumindest noch im letzten Jahr gewesen. Oder vor einigen Jahren. Er erinnerte sich genau an ein Foto, auf dem Mathilde neben dem Schild mit dem Kranz zu sehen war. Er hatte es gemacht, als sie noch eine Kamera in den Urlaub mitgenommen hatten. Seit Mathilde und er Smartphones hatten, verwendeten sie keine Kamera mehr. Wie schade, dachte Paulus.

Er überlegte, wieder ein Stück hinunterzugehen und zu warten, bis er an der letzten Häuserzeile des Dorfes einen Einheimischen sah. Den könnte er dann nach dem Weg zum Mostheurigen fragen. Inzwischen begann es aber stärker zu regnen. Paulus beschloss, doch umzukehren. Es sollte nicht sein. Dann eben nächstes Jahr, dachte Paulus. Wenn er dann noch lebte.

Es regnete stärker. Mathilde hatte in den letzten Jahren immer einen Schirm und einen Pullover zum Mostheurigen mitgenommen. Paulus hatte sie deswegen auf dem Weg oft ausgelacht. »Wir hätten Moonboots anziehen sollen«, spottete er. Und dann fand er es nach Sonnenuntergang doch immer sehr kühl und beneidete Mathilde, die in ihren Pullover schlüpfte. Jetzt hätte sie einfach den Schirm aufgespannt, dachte Paulus.

Er fluchte, stapfte weiter und fragte sich im inzwischen strömenden Regen, ob er denselben Weg zurückging, den er gekommen war. Sicher war er nicht. Er ging trotzdem weiter, stellte sich dann aber an der Bushaltestelle am Ende des Dorfes unter. Eigentlich war die Luft herrlich, wenn es regnete. Aber das durchnässte Hemd klebte an seinem Körper, Paulus fror, und er hatte gerade keine Kraft. Warum war er nicht bei Mathilde geblieben? Er hatte sich über sie geärgert und war einfach gegangen. Das war dumm von ihm gewesen. Er würde sich vor dem Schlafengehen noch bei seiner Frau entschuldigen. So viel Anstand musste sein.

Endlich hörte Paulus in der Ferne ein Auto. Er trat vor das Dach der Busstation und hob die Hand. Das Auto blieb stehen. Paulus wollte nach dem Weg fragen, aber der Fahrer stieg aus. Es war Herr Hinterleitner, der Besitzer der Pension.

»Ach, da sind Sie«, sagte Herr Hinterleitner, »ich habe Sie gesucht, ich war schon beim Heurigen oben.«

»Sie haben mich gesucht?«

Herr Hinterleitner öffnete die Beifahrertür: »So ein Regenwetter! Bitte, steigen Sie doch ein!«

»Warum haben Sie mich gesucht?«, fragte Paulus.

»Bitte, setzen Sie sich zuerst«, sagte Herr Hinterleitner.

Paulus stieg ein. Herr Hinterleitner schloss die Beifahrertür, ging um das Auto herum und stieg auf der Fahrerseite ein.

»Es ist wegen Ihrer Frau«, sagte Herr Hinterleitner. »Ich musste die Ärztin rufen. Sie ist jetzt bei ihr.«

Kira

Jeden Morgen zwischen 8:30 und 9:00 Uhr betrat Kira den Postaustauschraum, der sich auf dem Gang neben der Kammer mit dem Kopierer befand, um ihre Post zu holen. Kira mochte das Schild, auf dem POSTAUSTAUSCHRAUM stand. Sie musste jedes Mal lachen über diesen Namen und hoffte, das Schild werde noch lange überleben. Ungern begegnete sie dort Frau Wunderl, der Sekretärin. Frau Wunderl war die älteste Mitarbeiterin der Abteilung und wies immer wieder auf ihre jahrzehntelange Erfahrung hin. Damit wollte sie sagen, dass sie eigentlich kompetenter war als Kira, die die Abteilung seit acht Jahren leitete. Außerdem hasste Frau Wunderl Akademiker. Sie sagte gerne: »Überall setzen sie heute einen Magister hin, der mir erklärt, was ich wie zu machen habe. Ich habe anscheinend in den letzten vierzig Jahren alles falsch gemacht.«

Kira wusste, dass sie damit gemeint war, sie war Magister. Eigentlich Mag.a, wie sie jetzt immer mit einem *a* nach dem Punkt schrieb, worauf Frau Wunderl, die die Kuverts für die Ausgangspost adressierte, das *a* dann wieder wegließ.

Es war ein Morgen im April, der Kira auf dem Weg zur Arbeit mit dichtem Schneefall überrascht hatte – überrascht, aber auch heiter gestimmt. Kira hatte an diesem

Tag besonders gut geschlafen, und als sie am Morgen den Schnee sah, wusste sie warum. Denn Kira war sicher, dass sie während oder kurz vor Schneefall viel besser schlief als sonst, tief und ohne zu träumen. Kira betrat das Büro gut gelaunt und ging in den Postaustauschraum, wo sie Frau Wunderl begegnete. Frau Wunderl war mit dem Sortieren von Briefen beschäftigt, während Kira still die Post aus ihrem Fach nahm und den Raum wieder verlassen wollte. Sie spürte, dass Frau Wunderl sie beobachtete, und war nicht überrascht, als die Sekretärin sie ansprach: »Frau Magister Mahdavian!«

Kira beschloss, die Schneelaune zu behalten. Schnee würde es auch noch nächstes Jahr geben, Frau Wunderl wäre dann bereits in Pension.

»Ja, liebe Frau Wunderl?«, antwortete Kira.

Frau Wunderl blickte streng über die Halbbrille, die an einem Kettchen hing, das sie um den Hals trug: »Der Chef hat angerufen, Sie sollen sich gleich in der Früh bei ihm melden. Also, der Chef und ich sind ja immer schon um 7:30 Uhr da. Aber vielleicht melden Sie sich jetzt bei ihm.«

Letzteres war eine Anspielung darauf, dass Kira erst um 9:00 Uhr zu arbeiten begann, zu einer Zeit, zu der Frau Wunderl, wie sie selbst sagte, bereits das erste Mal müde war. Kira ging in ihr Büro und wählte die Durchwahl von Direktor Strnadl.

»Guten Morgen, Kollegin Mahdavian«, sagte der Chef. »Bitte kommen Sie kurz zu mir.«

Kira war aufgeregt. »Wann haben Sie denn Zeit?«, fragte sie.

»Sofort«, sagte Direktor Strnadl und legte auf.

Kira ging den Gang entlang und überlegte, was der Chef wohl Dringendes zu besprechen hatte. Dass er sie aufgefordert hatte, sofort zu ihm zu kommen, verhieß nichts Gutes. Um sich selbst zu beruhigen, sang Kira vor sich hin. Sie fand es seltsam, ihren Namen auf dem Schild an der Tür zu lesen: Mag. Mahdavian. Immer wenn sie ihren Nachnamen in die Textverarbeitung eintippte, schlug die Autokorrektur *Mahdwiesen* vor. Kira hatte einmal nachgeschlagen, was Mahdwiese bedeutete. Wunderl hingegen war ein schöner Name. Kira mochte Frau Wunderl nicht, aber ihren Namen. Da kam sie am schönsten Schild vorbei: Postaustauschraum. Dort war Frau Wunderl immer noch mit dem Sortieren von Briefen in den Vorablageordner beschäftigt.

»Was singen Sie denn da Schönes, Frau Magister?«, hörte Kira die Wunderl aus dem Postaustauschraum rufen.

»Ein Lied aus meiner Heimat«, antwortete Kira ohne stehen zu bleiben und hörte zwar noch, dass Frau Wunderl etwas darauf sagte, aber nicht mehr, was.

Kira stellte sich vor, was Human gesagt hätte, wenn er in diesem Moment dabei gewesen wäre: »Bitte sing keine persischen Lieder! Die Österreicher mögen es nicht, wenn Ausländer fremdländische Lieder singen.«

Kira sang weiter. Was sollte sie sonst singen? Lieder von Mahdwiesen?

Direktor Strnadl bat Kira, auf der ledernen Sitzgruppe Platz zu nehmen. Kira hatte immer geglaubt, diese Sitzgruppe werde niemals benutzt. Oder vielleicht nur dann, wenn der Bürgermeister dem Direktor wie jedes Jahr seinen dreiminütigen Besuch abstattete. Heute durfte sie dort sitzen. Der Direktor blickte beim Reden aus dem Fenster: »Ich mache es kurz, liebe Kollegin. Meine Pensionierung steht nun doch an, zwei Jahre früher als geplant. Fragen Sie mich nicht wieso. Es ist kompliziert. Und es geht jetzt um meine Nachfolge. Wenn es nach mir ginge, hätten Sie den Posten schon. Aber Sie wissen: Wir müssen ausschreiben. Ich hoffe, es ist ein Formalakt. Leider kann ich Ihnen die Bewerbung nicht ersparen. Schauen Sie in die Ausschreibung und geben Sie alle Unterlagen Frau Wunderl. Sie wird es dann weiterleiten.«

Kira war sicher, dass es sich um ein Missverständnis handelte. Was war mit den anderen Abteilungsleitern?

»Dass Sie sich nicht freuen, spricht auch für Sie«, sagte Strnadl. Und dann: »Einen Whiskey vielleicht?«

Es wurden drei Whiskeys. Und Direktor Strnadl bot Kira das Du-Wort an.

Beschwingt ging Kira in ihr Büro zurück. Sie hoffte, ihre Whiskeyfahne würde durch den Türschlitz bis ins Büro von Frau Wunderl zu riechen sein. Abends auf dem Weg nach Hause kaufte Kira ein Paar Schuhe. Und eine Bluse. Und eine Flasche Whiskey. Und einen Soda-Streamer. Nun würde sie nie wieder Mineralwasserflaschen schleppen müssen. Sie packte das Gerät aus, las die Anleitung, befüllte die zwei Glasflaschen und machte ihr erstes Sodawasser.

In dieser Nacht hatte Kira einen Traum. Human, ihr Mann, der vor fünf Jahren an Leukämie gestorben war, saß in der Küche.

»Bist du jetzt wieder da?«, fragte Kira.

Human trommelte auf den Tisch und summte ein Lied. »Ja, das alles war ein großes Missverständnis. Ich habe es gleich gewusst. Gibst du mir auch einen Whiskey?«

Als Kira erwachte, überlegte sie, ob ihr Ehemann wirklich zurückgekommen war. Nein, er ist gestorben, dachte sie. Wenn man gestorben ist, ist man für immer tot.

Zwei Wochen später brach der Frühling aus. Kira hatte zu viel angezogen und schwitzte auf dem Weg zur Arbeit. Sie war verärgert, stand am Waschbecken und wusch sich das Gesicht, als Frau Wunderl wie immer nach nur einem Klopfen ins Zimmer trat.

»Frau Magister«, sagte die Wunderl halb flüsternd, »alles ist in Ordnung mit Ihren Unterlagen. Aber das Reifeprüfungszeugnis fehlt. Könnten Sie das morgen bitte nachreichen?«

Schon war sie wieder weg. Kira trocknete ihr Gesicht und setzte sich an den Schreibtisch. Das Reifeprüfungszeugnis? Wie hätte sie es ohne Reifeprüfung zum Studienabschluss bringen sollen? Nun gut, wir sind eben ein Amt, dachte Kira. Sie war inzwischen zu der Überzeugung gekommen, dass sie ohnehin nicht Direktorin werden würde. Die Freundlichkeit von Ewald – also Direktor Strnadl, mit dem sie jetzt per Du war – war zwar aufrichtig gewesen, aber wahrscheinlich hatte er sie jedem Abteilungsleiter erwiesen. Und wenn es eine Ausschreibung gab, warum tat man so geheim? Doch nur, damit nicht offensichtlich wurde, dass alle Abteilungsleiter sich um die Direktion bewarben. Ihre Chancen standen also schlecht.

Abends saß Kira in der Küche. In den letzten fünf Jahren hatte sie sich nie auf Humans Stuhl am Esstisch gesetzt und auch Gäste nicht darauf sitzen lassen. An diesem Tag ließ sie ein Glas Soda aus dem Streamer, goss sich einen Whiskey ein und setzte sich auf Humans Stuhl. »Glaubst du, ich werde wirklich Direktorin, Human?«

Kira musste lachen. Es ist ein Missverständnis, dachte sie. Aber ein lustiges Missverständnis.

Auch in dieser Nacht hatte Kira einen Traum. Kira ging durch das Tor der Schule, die sie besucht hatte. Sie war gerne in diese Schule gegangen und stolz darauf, dass sie in Deutsch immer nur Einser gehabt hatte. Ihr Problem aber war Mathematik. Im Traum empfing der Schuldirektor Kira gleich am Eingang: »Es ist ja nur diese eine kleine Prüfung, Frau Magister!«

Der Direktor führte sie durch einen Gang zu einem Saal, wo die schriftlichen Reifeprüfungen stattfanden. Es war ihm sichtlich unangenehm: »Nur diese eine Prüfung, dann können wir auch das Zeugnis ausstellen, Frau Magister!«

Kira betrat den Saal und setzte sich an einen Tisch. Vor, neben und hinter ihr saßen achtzehnjährige Schülerinnen und Schüler, die sie nicht beachteten. Kira las die Aufgabe: In einem zweidimensionalen Koordinatensystem wird eine Hyperbel von einer Tangente geschnitten. Berechne den Inhalt der Fläche zwischen der Tangente und der Hyperbel. Kira wusste, dass sie einmal hätte wissen sollen, wie man den Inhalt berechnete. Sie wusste aber auch, dass sie es jetzt nicht mehr wusste und es auch damals nicht gewusst hatte. Sie blickte auf die Uhr. Noch sechs Minuten hatte sie Zeit.

Morgens erwachte Kira und dachte nach. Hatte sie die Reifeprüfung erfolgreich abgelegt? Zuerst war sie nicht sicher. Sie stand auf und musste lächeln. Natürlich hatte sie bestanden. Sie hatte mit den Klassenkolleginnen und -kollegen eine Reise nach Ibiza gemacht, die ihr Vater bezahlt hatte, weil er so stolz auf Kira gewesen war. Kira ging ins Wohnzimmer zum Schrank mit den Aktenordnern. Sie blätterte und fand das Reifeprüfungszeugnis: Deutsch 1, Musik 1, Latein 1, Mathematik 3.

Der Hochsommer begann im Juli. Frau Wunderl erklärte Kira täglich, sie sei urlaubsreif. Immer wieder sagte sie das Wort *urlaubsreif*. Kira fand, dass es ein dummes Wort war. Und dann sagte die Wunderl jeden Tag zu Kira: »Frau Magister, Sie sollten jetzt bald Ihren Haupturlaub eintragen.«

Dass Kira im Sommer nicht drei Wochen am Stück in den Urlaub gehen wollte, konnte die Sekretärin einfach nicht verstehen. Eines Morgens, als Kira den Gang entlangkam, stand Frau Wunderl vor ihrer Tür. Sie hatte ein Clipboard unter dem Arm, schaute auf Kiras Türschild und notierte etwas. Als die Wunderl Kira sah, kam sie ihr entgegen und sagte in einem seltsamen, viel zu lauten Flüsterton: »Frau Magister, bitte sofort zum Chef!«

Kira war verärgert. Sie hätte gerne ihre Handtasche abgelegt, aber die Wunderl blockierte ihre Tür. Sie drehte sich um und ging auf das Büro des Direktors zu. Sie klopfte und hörte Direktor Strnadl: »Ja, ja, nur herein!«

Sie begrüßte ihn förmlich, weshalb er Kira darauf hinweisen musste, dass sie beide per Du waren.

»Komm, meine Liebe«, sagte Ewald Strnadl, »ich weiß, du liebst Whiskey. Aber heute habe ich Champagner eingekühlt. Wir müssen feiern. Ich habe es ja gleich gewusst.«

Antonia

Nachdem Antonia die Zähne geputzt hatte, setzte sie sich wie jeden Tag an den Sekretär im Schlafzimmer. Sie nahm ihr Halskettchen mit dem kleinen Schlüssel ab, öffnete eine Schublade und nahm ein in graues Leinen gebundenes Buch heraus, das sie aufschlug und in das sie mit ihrer Füllfeder zu schreiben begann. David versuchte, sich währenddessen mit anderen Dingen zu beschäftigen und nicht so zu wirken, als interessiere er sich dafür, was Antonia in ihr Tagebuch schrieb. Also legte er sich ins Bett, schlug ein Buch auf und tat, als läse er.

Es schien kein aufregender Tag gewesen zu sein, denn nach wenigen Minuten schlug Antonia das Tagebuch zu, versperrte es wieder in der Schreibtischschublade, hängte das Halskettchen um und schlüpfte zu David ins Bett. Er tat weiter so, als läse er interessiert, obwohl er eigentlich Lust auf Sex hatte. Nach einer Zeit, die ihm plausibel schien, um ein Romankapitel gelesen zu haben, legte er das Buch weg und knipste die Nachttischlampe aus. David legte eine Hand auf Antonias Bauch und tastete sich weiter nach unten. So testete er Antonia, sie brauchte kein Vorspiel, es ging entweder gleich zur Sache oder sie wollte schlafen. David und Antonia kannten einander erst seit drei Monaten und jeder respektierte die Eigenarten und Gewohnheiten des anderen. Streit hatte es bisher keinen einzigen gegeben.

»Vor genau einem Jahr haben wir uns getrennt, Patrick und ich«, sagte Antonia. David antwortete nicht. Er ärgerte sich nur jedes Mal darüber, dass Antonia den Namen englisch aussprach, Pätrick, obwohl er doch weder Engländer noch Amerikaner, sondern aus Kaltenleutgeben war. David hatte Antonias Noch-Ehemann nur ein Mal gesehen. Er hatte etwas abgeholt, das er dringend brauchte. David war extra auf einen langen Spaziergang gegangen, damit, wenn er wieder zurückkäme, Patrick längst gegangen wäre. Als David aber zurückkam, stand Patrick immer noch vor der Wohnungstür und unterhielt sich mit Antonia. Antonia stellte die beiden einander vor. David sagte David. Patrick sagte Hallo (und nicht Hällo). Das waren die einzigen Worte gewesen, die sie je gewechselt hatten.

»Ich muss zum Anwalt gehen, damit wir endlich geschieden werden«, sagte Antonia nach einer Weile.

Die beiden schliefen ein. Nachts testete Antonia David, und sie liebten sich gleich zweimal hintereinander. Morgens weckte Antonias Mobiltelefon sie wie immer um 6:00 Uhr. Antonia schaute David mit seligem Blick an: »Habe ich geträumt, oder war da was in der Nacht?«

David machte Kaffee. Um Tassen zu sparen, nahm er die Tassen vom Vortag aus der Spüle. Das war ihre Morgenroutine: David machte Kaffee, während Antonia duschte. Beim Kaffeetrinken plauderten sie kurz, dann musste Antonia zur Arbeit. Üblicherweise verließ David das Haus mit ihr und ging in seine kleine Wohnung, die er nur noch als Büro nutzte. Bisher hatte ihm Antonia keinen Schlüssel für ihre Wohnung gegeben, und es war auch kein Thema gewesen.

»Was hast du heute vor, mein Schatz?«, fragte Antonia.

»Ich habe einen Termin um 10:00 Uhr, gleich hier um die Ecke«, sagte David. Antonia hatte immer noch diesen seligen Blick. Sie konnte nicht anders, sie musste sich hinter David stellen, seinen Rücken streicheln, seinen Kopf küssen und die Hand unter sein T-Shirt stecken. »Dann bleib hier. Ist doch viel praktischer«, sagte sie. »Wenn du gehst, ziehst du die Tür einfach zu!«

David war noch nie allein in Antonias Wohnung gewesen, aber er fand die Idee gut. Antonia hatte noch nasses Haar. Sie setzte sich vor David auf den Küchentisch und schob ihre Unterhose langsam nach unten: »Bitte, komm schnell zu mir. Bitte!«

Mit noch seligerem Blick verließ Antonia die Wohnung. David stellte die Kaffeetassen in die Spüle. Eigentlich wollte er seinen Laptop nehmen und sich an den Sekretär im Schlafzimmer setzen. Stattdessen legte er sich ins Bett. Er schrieb Antonia noch zwei Chat-Nachrichten und erinnerte sie an diese Nacht und diesen Morgen, dann schlief er ein. Als er erwachte, blickte er auf die Uhr; er hatte tatsächlich noch eine Stunde geschlafen. Er stand auf und ging aufs WC.

David saß gerne lange auf dem WC. Er nahm wahllos eines der Bücher vom Stapel, schlug es irgendwo auf und begann zu lesen. An diesem Tag war es die *Traumdeutung* von Sigmund Freud. Da hörte David, wie jemand die

Eingangstür aufsperrte. David erstarrte. Er überlegte, ob das Antonia sein konnte. Wenn sie etwas vergessen hätte, wäre sie doch viel früher zurückgekommen. Außerdem hätte sie ihm dann eine Nachricht geschrieben.

Die Tür fiel ins Schloss und David hörte, wie sich die Schritte langsam und leise Richtung Schlafzimmer bewegten. David saß auf der Klobrille, Freuds *Traumdeutung* in der Hand, und atmete ganz vorsichtig. Wenn ein Einbrecher die Tür geöffnet hatte, dann suchte der Einbrecher nun nach technischen Geräten, die er für wertvoll hielt: Laptops, Tablets, Mobiltelefone, Fernsehapparat. Auf keinen Fall durfte der Einbrecher David sehen, denn in seiner Panik würde er vielleicht gewalttätig werden. David wollte nachsehen, ob der Einbrecher bereits in Schränken wühlte, um nach Schmuck zu suchen. Es waren nur zwei Meter von der WC-Tür zur Eingangstür. David würde schnell zur Tür gehen, die Wohnung verlassen, die Tür hinter sich zuschlagen, auf die Straße laufen und in irgendein Geschäft gehen, um die Polizei zu rufen. Sein Mobiltelefon lag auf dem Nachtkästchen.

Vorsichtig drückte David mit dem Fuß die WC-Tür einen Spaltbreit auf, um hinauszusehen. Er hielt den Atem an. Er sah Hinterkopf und Rücken eines Mannes. An der Jacke erkannte David sofort, dass es Patrick war. David hörte, wie die Schreibtischschublade aufgesperrt und geöffnet wurde.

David legte die *Traumdeutung*, die er immer noch in der Hand hielt, vorsichtig auf den Boden. Er musste ein, zwei Schritte aus dem WC machen, um zu sehen, was Patrick im Schlafzimmer tat. David öffnete die Tür etwas weiter. In einem Altbau mit knarrenden Türen wäre das niemals geräuschlos möglich gewesen. In Antonias Wohnung aber war alles neu, und die Türen öffneten und schlossen sich völlig geräuschlos. David machte einen Schritt aus dem WC und beugte sich nach vorne. Er sah, dass Patrick an dem kleinen Sekretär saß, das Tagebuch mit dem grauen Leineneinband aufgeschlagen hatte und mit dem Mobiltelefon Fotos machte. Das war nicht die feine englische Art, sondern eher kaltenleutgebnerisch.

Vorsichtig zog David sich wieder ins WC zurück. Er machte das Licht im WC aus und hoffte, dass Patrick nicht aufs Klo musste. David zog die Tür zu. Es blieb ein Spalt von etwa zwei Zentimetern, durch den David Patrick nicht mehr sehen konnte. Er sah nur die Küche.

Nach einer Weile hörte David, wie Patrick das Tagebuch wieder im Schreibtisch versperrte. Patrick ging langsam, fast lautlos durch die Wohnung in die Küche und blieb vor der Spüle stehen. Er war nicht sehr groß, also stellte er sich auf die Zehenspitzen und urinierte in die Spüle.

Patrick ging Richtung Vorzimmer. Einen kurzen Moment wäre es möglich gewesen, dass Patrick David durch den Spalt der WC-Tür gesehen hätte, aber Patrick ging mit gesenktem Kopf und blickte nicht auf. David hörte, wie Patrick die Wohnung verließ. Die Tür fiel ins Schloss. Patrick sperrte von außen ab.

David trat aus dem WC. Sein Herz begann zu rasen. Er schwitzte. Eigentlich wollte er Antonia nicht erzählen, was vorgefallen war. Er hätte sie nur dazu gebracht, das Schloss auszutauschen, und es dabei belassen. Nun hatte Patrick aber die Wohnung abgesperrt und David konnte nicht nach draußen. Er musste Antonia anrufen. Was sollte er ihr erzählen? Sollte er sie anlügen und behaupten, sie habe abgesperrt, aus Gewohnheit?

David suchte die Latexhandschuhe in der Schublade unter der Spüle und zog sie über. Dann nahm er einen Müllsack und gab alle Tassen und Gläser aus der Spüle hinein. Nein, er musste Antonia die Wahrheit sagen. Das tat er ungern, nicht weil er befürchtete, ihr Angst zu machen, sondern weil ihre Gedanken dann tagelang um Pätrick kreisen würden. Pätrick. Pätrick. Pätrick. Dann müsste sie mit ihm telefonieren und würde wieder nur von ihm reden. Pätrick. Pätrick. Pätrick. Wie schön der Sex mit Antonia am Morgen auf dem Küchentisch gewesen war. Und jetzt das.

Paula

1

Eigentlich spielte die Stadt, die wir ausgesucht hatten, bei unseren Städtereisen keine Rolle. Paula und ich bevorzugten es, im Hotel zu bleiben. Wir liebten Regen und Schlechtwetter. Dann mussten wir auch kein schlechtes Gewissen haben, die Altstadt oder ein Museum oder eine Sehenswürdigkeit nicht besucht zu haben. Nach dem Frühstück testeten wir das Spa des Hotels und aßen später auf dem Zimmer zu Mittag. Danach schlief Paula gerne zwei Stunden und ich schrieb auf dem Briefpapier, das man in jedem Hotel in einer Mappe auf dem Schreibtisch findet, eine Kurzgeschichte.

Paula und ich – wir kannten einander erst seit drei Monaten, aber wir verbrachten so viel Zeit wie möglich gemeinsam. Unsere Devise war: Wir lassen es darauf ankommen. Die Idee, nach Paris zu fahren, war von mir. Paula gefiel sie sofort. Besonders die Vorstellung, drei Tage in Paris zu verbringen, ohne den Eiffelturm zu besuchen, erregte sie. Wir besiegelten unseren Beschluss mit Sex, Kofferpacken und noch mehr Sex.

Paula und ich – wir konnten uns schon nach drei Monaten ein Leben ohne den anderen nicht mehr vorstellen, egal ob Paula schwanger war oder nicht. Und wir hatten viele Gemeinsamkeiten: Beide liebten wir es, Geld auf der Straße zu finden. Wir liebten es, in Vier- und Fünfsternehotels zu wohnen, und wir steigerten uns unterwegs in Schimpftiraden über andere Reisende hinein, über ihre Kleidung, ihre Schuhe, ihr Benehmen, aber auch über schlechten Kaffee, mieses Essen, sehensunwürdige Sehenswürdigkeiten oder hässliche Bauwerke. Schon am Wiener Hauptbahnhof begann Paula die Hauptbahnhofstirade: Der Bahnhof habe kein richtiges Portal, sehe aus wie ein Einkaufszentrum, man finde sich nicht zurecht, und überhaupt müsse ein anständiger Hauptbahnhof ein Kopfbahnhof sein und nicht eine Ansammlung von Bahnsteigen wie auf einem Lokalbahnhof. Ich lachte Tränen, als wir in den Zug nach Paris stiegen.

2

Der Tischlermeister Antonelli aus Varese war bekannt dafür, vor seinen Lehrlingen stundenlange Reden über die Hochblüte der italienischen Kultur im 15. und 16. Jahrhundert und deren nun schon Jahrhunderte andauernden Niedergang zu halten. Sein begabtester Zuhörer war der Tischlergeselle Luigi Piero, ein unbegabter Handwerker, der – seit er sich bei einem Unfall ein Fingerglied abgesägt hatte – von den anderen Lehrlingen und Gesellen Neuneinhalb genannt wurde.

»Einmal im Leben musst du nach Paris fahren, um die *Gioconda* von da Vinci zu sehen, das größte Kunstwerk aller Zeiten«, sagte Meister Antonelli immer wieder zu Neuneinhalb.

Im Jahr 1896 begann ein junger Mann namens Vincenzo Peruggia aus Dumenza seine Lehre bei Antonelli. Peruggia befreundete sich mit Neuneinhalb und erzählte ihm, er habe vor, berühmt zu werden, wie, das wisse er noch nicht. Er beneidete Piero darum, dass der Tischlermeister nur mit ihm über Kunst sprach und sonst mit keinem anderen seiner Gesellen und Lehrlinge.

»Du musst nach Paris, Piero. Ich sage es dir«, sagte Antonelli, »und noch eines: Wenn es darum geht, einen Nagel einzuschlagen, lass das den Peruggia machen. Du kannst das nicht!«

Kaum aber war Peruggia mit Neuneinhalb allein, begann der Lieblingsgeselle über seinen Meister zu lästern. Er zog über Antonelli her und klagte, wie qualvoll es sei, seinen stundenlangen Monologen zuzuhören. Schließlich sagte er eines Tages: »Wenn diese *Gioconda* das größte Kunstwerk aller Zeiten ist und wenn das größte Kunstwerk aller Zeiten von einem Italiener geschaffen wurde, warum hängt es dann in einem Museum in Frankreich?«

3

Am ersten Tag in Paris testeten wir das Hotel. Es lag in der Rue Boissy d'Anglas im VIII. Arrondissement. Beim Abendessen – Paula hatte im Michelin ein Restaurant ausgesucht – hatten wir ein eigenartiges Gespräch. Das heißt, eigentlich redete nur ich. Paula aß langsam und sah abwesend in die Ferne. Noch nie zuvor hatte eine derart bedrückte Stimmung zwischen uns geherrscht. Paula hatte diesen Blick, der auf mich wirkte, als schaue sie zwar in meine Richtung, fokussiere aber einen Punkt, der weit hinter mir lag. Wenn man in Paris sei, müsse man den Louvre sehen, sagte ich – oder so ähnlich. Paula nickte und aß.

Am darauffolgenden Tag besuchten wir den Louvre. In der langen Schlange begann Paula ihre Tirade: »Wozu stellt man sich hier stundenlang an? Es geht ja doch nur um die *Mona Lisa*. Schon der Name ist ein Hohn. So wie Beethoven heute nicht wüsste, was gemeint ist, wenn man von der *Mondscheinsonate* spricht, so würde Leonardo nicht verstehen, wenn von der *Mona Lisa* die Rede wäre. Sie hieß einfach Lisa, dieser hässliche Erdapfel ohne Augenbrauen mit dem trottelhaften Grinsen. Es ist ein ganz durchschnittliches Gemälde. Berühmt wurde es nur, weil es ein Mann gestohlen hat, der durch den Diebstahl berühmt werden wollte.«

Am meisten lachte ich über den hässlichen Erdapfel. Doch Paula hörte nicht auf: »Es ist mir schleierhaft, warum du hier reinwillst. Wozu haben wir ein teures Hotel genommen? Damit wir den ganzen Tag in einer Warteschlange verbringen? Damit wir dieselben Fotos machen wie die halbe Milliarde Chinesen, die mir gerade auf die Ferse tritt und in den Nacken hustet?«

Ich begann mich zu ärgern. Jetzt musste ich mich verteidigen. Ich sagte zu Paula, ich habe sie doch noch am Vortag gefragt, ob wir den Louvre sehen wollten oder nicht.

Doch Paula war ungehalten: »Du hast mich nicht gefragt, du hast gesagt: Wenn man in Paris ist, muss man den Louvre sehen.«

4

Im Gegensatz zu Neuneinhalb, der jedes Wochenende Ausflüge unternahm und sich dabei jedes Mal frisch verliebte, verbrachte Peruggia die Wochenenden in seinem Bett. War er früher noch einmal am Tag aufgestanden, um kurz nach draußen zu gehen oder zumindest auf die Toilette, so verbrachte er die Sonntage bald nur noch liegend. Er stellte fest, dass er ganz auf Wasser und Essen verzichten konnte, so sparte er noch mehr von seinem Lohn für eine Reise nach Paris. Auch die Notdurft konnte Peruggia einen Tag lang zurückhalten. Das Einzige, was er tat, war, die Zeitungen zu lesen, die er unter der Woche gesammelt hatte, wobei er manche Artikel an einem Sonntag zehn- bis zwanzigmal las. Besonders faszinierte ihn die Meldung, dass ein Amerikaner namens Hamilton einen Weltrekord aufgestellt hatte, indem er sich in einem Sarg sieben Tag lang hatte begraben lassen. Peruggia war der Meinung, er könne das auch, und beschloss, sich einmal krankzumelden und drei Tage am Stück im Bett zu verbringen, um das Liegen zu üben.

Eines Tages wurde in der Werkstatt von Antonelli ein Sarg gezimmert, den ein reicher Sänger, der noch am Leben war, beim Tischlermeister bestellt hatte. Peruggia versuchte zuerst im Scherz, Neuneinhalb zu überzeugen, dass er im fertigen Sarg Probe liegen müsse, um zu testen, ob der Sarg auch in Ordnung sei. Doch Piero winkte ab; Scherze mit dem Tod seien ihm zu makaber. Schließlich musste Peruggia darum bitten, dass er am Samstag zu Mittag in den Sarg steigen dürfe. Neuneinhalb solle den Sarg zunageln und Peruggia am Montagmorgen, wenn er vor Antonelli in die Tischlerei kam, wieder aus dem Sarg befreien. Doch Piero war die Sache nicht geheuer und schließlich musste Peruggia ihm die Zeitungsmeldung über Mister Hamilton zeigen und ihm erklären, dass er, Vincenzo Peruggia, vorhabe, den Weltrekord im Lebendig-begraben-Sein zu brechen, um berühmt zu werden. Neuneinhalb war nicht umzustimmen. Er hielt die Sache für gefährlich, sinnlos und dumm und sagte zu Peruggia: »Wenn du berühmt werden willst, geh nach Paris, hol diese *Gioconda* aus dem Museum und bring sie zurück nach Italien. Dann bist du ein Held!«

5

Als wir den Raum erreichten, in dem die *Mona Lisa* ausgestellt war, sahen Paula und ich, dass es unmöglich war, auch nur kurz vor dem Gemälde zu stehen. Hinter der Absperrung herrschte dichtes Gedränge. Der Platz ganz vorne war unerreichbar. Das Gemälde war außerdem von einer riesigen Panzerglasplatte geschützt, sodass sich vermutlich auf allen Fotos, die die Besucher machten, Spiegelungen der fotografierenden Menge befanden. Ich hatte Angst, vor Paula das Mobiltelefon zu zücken, um ebenfalls zu fotografieren.

Die Panzerglasplatte war absurd groß und erinnerte mich an das Glas, hinter dem Barack Obama bei seinem Besuch in Berlin eine Rede gehalten hatte. Wir sahen nicht viel vom Gemälde. Tatsächlich war die *Mona Lisa* ein hässlicher Erdapfel. Mir fiel auf, dass sie dickliche Hände hatte, nämlich solche, deren Fingerknöchel keine Erhebungen, sondern Vertiefungen sind. Und dass ihre Finger zu den Spitzen hin rötlich wurden.

Abends aßen wir wieder in einem teuren Restaurant. Ich wollte Paula erheitern und begann eine Tirade über den Wein: »Also dieser Château Dauzac ist vielleicht ein Brackwasser. Sollen wir Cola dazu bestellen und ihn mischen?«

Paula lachte nicht. Sie stieß ihr Weinglas um, stand auf und ging. Alle Köpfe drehten sich zu unserem Tisch. Manche bemerkten meine Scham und Verzweiflung und versuchten, nicht zu mir herzublicken. Andere hatten weniger Erbarmen. Paulas Glas war noch sehr voll gewesen, der Château Dauzac war auch auf meiner Hose gelandet. Der Ober brachte mir ein Tuch und fragte, ob er Paulas Teller abservieren könne. Ich saß da und trank den Wein allein aus. Und ich begann mit mir selbst zu reden: »Das war das letzte Mal, dass ich mit ihr essen war. Das letzte Mal, dass ich für ein teures Hotel bezahlt habe. Das letzte Mal, dass ich 110 Euro für eine Flasche Wein ausgegeben habe.«

Zwei Stunden später kehrte ich ins Hotel zurück. Bis zu diesem Tag hatten Paula und ich täglich Sex gehabt und uns täglich gesagt, dass wir einander liebten. An diesem Tag rollte Paula sich ein und sagte: »Du stinkst!«

6

Als Angestellter eines Glasermeisters hatte Vincenzo Peruggia es geschafft, einen Auftrag vom Louvre zu erhalten. Als er das erste Mal im Salon Carré vor der *Gioconda* stand, war er über sich selbst verärgert. Er hätte eigentlich Tränen in den Augen haben sollen. Aber das Gemälde beeindruckte ihn nicht.

Peruggia ging nun öfter im Louvre ein und aus. Am Montag war das Museum für die Öffentlichkeit geschlossen und nur Handwerker und Kopisten hatten Zutritt. In Paris machte das Gerücht die Runde, der Künstler Pablo Picasso habe vor, die *Gioconda* aus dem Louvre zu stehlen, um zu zeigen, wie schlecht das Museum seine Kunstwerke gegen Diebstahl sicherte. Oder – so dachte Peruggia – dieser Picasso will durch diesen Diebstahl berühmt werden und in die Zeitungen kommen. Er musste ihm zuvorkommen.

Am 20. August 1911, einem Sonntag, besuchte Peruggia den Louvre. Immer wieder ging er an einer Abstellkammer vorbei, die für Reinigungsgeräte benutzt wurde. Jedes Mal, wenn er unbeobachtet war, drückte er die Klinke und versuchte, die Tür zu öffnen. Am Nachmittag fand er die Tür tatsächlich nicht nur nicht abgesperrt, sondern sogar einen Spaltbreit offen vor. Peruggia betrat die Abstellkammer, schloss die Tür hinter sich, suchte einen Platz im hintersten Bereich und legte sich in der Dunkelheit auf den Boden. Er konnte lange still liegen, das wusste er. Am Abend hörte er, wie jemand die Tür öffnete, etwas in die Abstellkammer stellte, die Tür wieder schloss und von außen zusperrte. Peruggia lag da und wartete auf den nächsten Morgen. Er dachte an den Sarg von Meister Antonelli, in dem er nie hatte Probe liegen dürfen.

7

Morgens, als ich erwachte, saß Paula auf der Bettkante und starrte mich an: »Ich habe die Regel.« Ich versuchte, möglichst verwirrt und unausgeschlafen zu wirken: »Ja? Und?« Paula zuckte mit den Schultern. »Ich weiß es auch nicht. Ich muss zurück nach Wien. Allein.«

Ich lag noch immer auf dem Rücken, starrte an die Decke und zeigte mit dem Finger auf einen kleinen Wasserfleck, den ich entdeckt hatte: »Ich bleibe hier liegen, ich verlasse das Bett nicht, bis du mich wieder liebst.«

Zum ersten Mal sprach Paula von ihrem Mann, den sie drei Jahre zuvor verlassen hatte, mit dem sie aber noch verheiratet war. Es schmerzte immer ein wenig, seinen Vornamen zu hören, einen Namen, den ich bis dahin immer gemocht hatte, der mir aber missfiel, seit ich Paula kannte. Sie erzählte von ihrer gemeinsamen Reise durch Südfrankreich, auf der sie schwanger gewesen sei, das Kind aber verloren habe. Die beiden hätten die Reise damals gemacht, weil sie zu einer Hochzeit eingeladen waren, seien aber schon eine Woche früher angereist. Am Abend der Hochzeit sei Paula aus dem Krankenhaus zurückgekehrt. Ihr Mann, der Mann mit dem schönen hässlichen Namen, habe sie im Hotelzimmer erwartet.

Während Paula sich ins Bett legte, habe er seinen Anzug aus dem Kleidersack genommen, sich für die Hochzeit zurechtgemacht und Paula im Zimmer zurückgelassen.

Mir fiel nichts ein, was ich darauf sagen konnte. Paula stand auf, nahm ihren Trolley und ging aus dem Zimmer. Die Tür fiel zu.

8

Am Morgen des 21. August 1911 sperrte eine Putzfrau die Abstellkammer auf. Sie nahm ein paar Gegenstände mit und ging wieder, ohne die Tür abzusperren. Es war Montag, der Tag, an dem der Louvre für die Öffentlichkeit geschlossen war. Vincenzo Peruggia konnte die Kammer verlassen. Einen Arbeitsmantel hatte er mit, er warf ihn über und ging in den Salon Carré. Dort konnte er unbeobachtet das Gemälde der *Gioconda* von der Wand nehmen. Er entfernte das Glas, drückte die Leinwand aus dem Rahmen, rollte sie ein und steckte sie unter seinen Gehrock. Den Rahmen und das Glas ließ er auf dem Absatz der Treppe stehen, unter der sich die Abstellkammer befand. Nun musste er nur noch durch die Tür nach draußen. Als ihm Handwerker entgegenkamen und öffneten, grüßte er und verschwand.

Am darauffolgenden Tag fuhr er nach Florenz und mietete ein Zimmer. Die *Gioconda* verstaute er in einer Kiste unter dem Bett. Er nahm sich vor, sie bei Gelegenheit genauer zu betrachten, aber in den ersten Tagen war er zu müde. Er lag im Bett und verließ es nur einmal täglich, um auf die Toilette zu gehen und sich zu rasieren. Dann besorgte er eine Zeitung. Anfangs gab es noch Artikel über den Diebstahl:

»Die Untersuchung in Angelegenheit des aus dem Pariser Louvre verschwundenen berühmten Gemäldes Leonardo da Vincis hat bisher noch nicht die geringste Spur ergeben, aufgrund welcher auch nur annähernd sich feststellen ließe, auf welche Art und Weise dieses weltberühmte Meisterwerk aus dem Museum verschwand, und in Kunstkreisen herrscht große Bestürzung, da vielfach angenommen wird, dass der Diebstahl von einem routinierten Bilderdieb herrühre, der ihn von langer Hand vorbereitete und längst mit der kostbaren Beute in Sicherheit ist.«

Doch schon ein paar Tage später verstummte die Presse. Noch bin ich nicht berühmt, dachte Peruggia. Doch bald würde die Polizei an seine Tür klopfen, so dachte er. Aber niemand klopfte an seine Tür.

9

An diesem Tag stand ich nur zweimal aus dem Bett auf. Das erste Mal hängte ich das Bitte-nicht-stören-Schild außen an die Hotelzimmertür und holte das Briefpapier aus der Mappe. Ich begann meine Geschichte über den Diebstahl der *Mona Lisa* mit folgendem Satz: Der Tischlermeister Antonelli aus Varese war bekannt dafür, vor seinen Lehrlingen stundenlange Reden über die Hochblüte der italienischen Kultur im 15. und 16. Jahrhundert und deren nun schon Jahrhunderte andauernden Niedergang zu halten. Das zweite Mal stand ich auf, um die Kurzgeschichte in ein Kuvert zu stecken, an Paula zu adressieren und zur Rezeption zu bringen. Dann legte ich mich wieder ins Bett. Zuerst dachte ich, Paula sei bestimmt nicht abgereist und komme bald wieder. Abends gab ich die Hoffnung auf. Es ist wirklich Unsinn, Museen und Sehenswürdigkeiten zu besuchen, dachte ich. Am besten ist es, im Hotel zu bleiben. Am besten ist es, dachte ich, gar nicht mehr aus dem Bett aufzustehen.

Jelena

»Gehen wir schwimmen?«

Das hatte Elias gerade noch gefehlt. Warum hatte er nur zugestimmt, in dieses Naturbad zu gehen? Jelena ging voran. Der Fluss war durch eine kleine Insel geteilt, sodass man in einem Seitenarm schwamm, in dem es fast keine Strömung gab.

Nun gut, sagte Elias zu sich selbst, ich habe mich breitschlagen lassen, hier rauszugehen, habe mich mit Sonnencreme eingeschmiert, nun liege ich neben einer laut schreienden, andauernd telefonierenden und Bier trinkenden polnischen Familie, die viel zu wenig Abstand hält, auf der Wiese, also kann ich auch schwimmen gehen.

Das Wasser war seicht. Jelena reichte es bis zur Hüfte, doch sie watete durch den Schlamm, während Elias neben ihr schwamm. Er hasste es, in den Schlamm zu treten. Würmer, Egel, Quallen und Algen, dachte Elias. Von Bakterien und Viren ganz zu schweigen. Irgendwann schwamm auch Jelena. Sie schwamm besser als Elias. Elias ging zwar nicht unter, aber sein Bewegungsablauf beim Brustschwimmen war falsch. Er hatte Mühe, mit Jelena mitzuhalten. Immer wieder wickelte sich eine Schlingpflanze um sein Bein. Elias war froh, als er wieder aus dem Wasser stieg.

Vier Monate lang hatte Elias das Haus nur verlassen, um zum Supermarkt zu gehen und den Müll zu entsorgen. Zuerst hatte er mit Jelena Nachrichten ausgetauscht. Sie hatte ihre Profilbilder für ihn freigeschaltet und er seine. Dann hatten sie gechattet. Aber irgendwann müsse man sich in der realen Welt sehen, hatte Jelena gemeint. Jetzt hatte er sie vor sich.

Jelena zeigte ihm die ledernen Flipflops, die sie aus Vietnam mitgebracht hatte. Ein Schuster hatte sie dort für sie nach Maß angefertigt, das habe nur einen lächerlichen Betrag gekostet, und es seien die besten Flipflops, die sie je gehabt hätte. Elias fragte, warum sie nicht gleich mehrere Paare habe machen lassen, wenn die Flipflops so gut seien.

»Daran habe ich leider nicht gedacht«, sagte Jelena.

»Hast du dich schon einmal mit jemandem vom Datingportal getroffen?«, fragte Elias.

Jelena störte die Frage nicht: »Zweimal.«

»Ich noch nie«, sagte Elias.

In dem kleinen Eissalon wählte er Pistazie und Erdbeere, sie Joghurt. Die Eisverkäuferin fragte nach der Sorte für die zweite Kugel. »Auch Joghurt«, sagte Jelena. Während er eine Tüte nahm, wollte sie einen Becher. »Sonst tropft mir das Eis auf die Flipflops«, sagte Jelena. Tatsächlich war Elias viel schneller mit dem Eis fertig. Sie saßen auf einer Bank unter einem Baum. Elias überlegte, ob er seine Hand auf ihren Oberschenkel legen sollte. Oder vielleicht einen Arm um die Schultern? Durfte man einander schon berühren? Jelena seufzte: »Ich liebe das Joghurteis hier.«

Nachmittags wurde die Stelle, an der sie im Gras lagen, langsam schattig. Jelena wollte einige Meter weiter, um wieder in der Sonne sitzen zu können. Also nahmen sie alle ihre Sachen, legten sie auf die Decke und gingen die Decke hinter sich herziehend zu ihrem neuen Liegeplatz. Es war schon Abend, die Sonne stand tief. Der Plan, zu einem Heurigen zu gehen, wurde diskutiert. Elias bestimmte einen Heurigen und Jelena war einverstanden. Elias hatte gehofft, Jelena auf dem neuen Liegeplatz ein wenig näher kommen zu können, um ihre Hand nehmen oder ihr durch das Haar streichen zu können. Aber der Abstand zwischen ihnen war zu groß.

»Bestimmt haben wir einen gemeinsamen Bekannten«, sagte Jelena. »Oder es gibt jemanden, den wir beide über einen Bekannten kennen, und wir hätten uns sowieso irgendwann kennengelernt.«

Sie nahm ihr Kopftuch und verknotete es im Nacken.

»Möglich«, sagte Elias. »Angeblich kennt man ja über sechs Stationen jeden anderen Menschen auf der Welt.«

»Über sieben Ecken, hat man bei uns immer gesagt«, sagte Jelena und setzte sich auf. »Sollen wir unsere Telefonnummern austauschen?«

Elias nickte: »O.k. Aber ich telefoniere nicht gerne.«

Jelena zog das Mobiltelefon aus der Tasche: »Das weiß ich doch schon von deinem Profil.«

Elias lächelte.

»Natürlich«, sagte er.

»Ich telefoniere auch nicht gerne«, sagte Jelena. »Schon vergessen? Wir haben viele Gemeinsamkeiten. Warum haben wir sonst 105 Matching-Points?«

Elias diktierte Jelena seine Telefonnummer, sie schickte eine SMS und Elias speicherte ihre Nummer in seinen Kontakten. Noch immer kannte er ihren vollen Namen nicht. In das Feld für den Nachnamen tippte er *Joghurteis*. Dann schickte er eine SMS zurück.

Es dauerte eine Weile, bis sie beim Heurigen einen Platz bekamen. Jelena saß Elias gegenüber. Lieber wäre es ihm gewesen, sie hätte an der Breitseite des Tisches gesessen und er an der Längsseite, sodass er nach ihrem Knie hätte greifen können. Hinter Elias war es laut, der Kellner brachte Tabletts voller Karaffen und Schnapsgläser. Es dauerte lange, bis er die beiden bediente. Sie bestellten einen halben Liter Schankwein und eine Siphonflasche Soda und holten dann Essen vom Buffet.

Sie sprachen über Beethovens Klavierkonzerte. Elias war müde. Die Welt hier draußen war ihm zu anstrengend. Einmal stellte Jelena ihm eine Frage, er verstand aber nicht, dass es eine Frage war. Als sie fertig gegessen hatten, schlug er vor, noch ein Glas Sauvignon blanc zu bestellen. Der Kellner kassierte gerade am Tisch hinter Elias, schließlich kam er, um die Bestellung aufzunehmen.

Jelena prostete Elias zu: »Danke, das war ein schöner Ausflug.« Sie tranken.

»Ein wunderbarer Tag«, sagte Elias.

Der Kellner kam wieder mit einem Tablett mit fünf Schnapsgläsern. Er brachte es zu einem Tisch, an dem vier Personen saßen. Alle prosteten einander zu, auch der Kellner war auf einen Schnaps eingeladen worden und leerte das Glas in einem Zug.

»Und niemand hier hat ihn erkannt«, rief eine der Damen am Tisch. Man hörte, dass sie bereits betrunken war. »Er sitzt einfach da und keiner bemerkt ihn«, rief die Dame noch lauter. Sie wiederholte das einige Male.

Als der Kellner wieder vorbeikam, fragte Jelena: »Herr Ober, von wem ist die Rede?«

Der Kellner zeigte auf den Tisch hinter Elias, der nun leer war: »Christoph Waltz ist vorhin an diesem Tisch gesessen.«

Jelena war außer sich. »Christoph Waltz! Mein Gott! Er ist die ganze Zeit hier gesessen«, sagte Jelena, »und ich habe ihn nicht gesehen.«

Sie schüttelte den Kopf.

»Ich habe ihn auch nicht gesehen«, sagte Elias.

»Du bist mit dem Rücken zu ihm gesessen«, sagte Jelena, »aber ich … er muss praktisch vor meinen Augen gewesen sein.«

Der Kellner brachte nochmals eine Runde Schnaps an den Tisch nebenan. Wieder trank er mit. Die betrunkene Dame redete immer lauter.

»Noch eine Runde Schnaps?«, fragte der Kellner.

»Nein, nein, jetzt ist Schluss«, lallte die Dame, »ich muss morgen arbeiten.« Der Kellner nahm das Tablett und ging davon. Dann drehte er sich nochmal zum Tisch um: »Ich muss jetzt arbeiten. Stellen Sie sich das vor!«

Jelena und Elias waren mit den Rädern noch ein Stück gemeinsam gefahren. Als sich ihre Wege trennten, lachte Jelena: »Christoph Waltz ist am Tisch nebenan gesessen. Und wir haben ihn nicht gesehen!« Es gab ein Küsschen links und rechts auf die Wange.

Zehn Minuten später war Elias zu Hause. Er saß auf der Terrasse. Für die Nacht war der Meteorschwarm der Perseiden angesagt. Elias konnte nichts sehen. Mit Mühe zwei, drei Sterne. Aber keine Sternschnuppe. Jelena schickte eine SMS: »Ich habe meine Flipflops im Bad vergessen! Das ist jetzt wirklich dramatisch!!!! Aber ich kann mich nicht erinnern, dass ich sie eingepackt habe.«

Elias bot an, am nächsten Morgen zum Bad zu fahren und sie zu suchen, aber Jelena lehnte ab, bedankte sich für den Ausflug und wünschte ihm eine gute Nacht. Als wir den Liegeplatz gewechselt haben, dachte Elias, ist es passiert. Da hat sie ihre Flipflops vergessen.

Elias war eingeschlafen, ohne eine einzige Sternschnuppe gesehen zu haben. Er wachte früh auf und war froh, diesen Tag wieder in der Wohnung verbringen zu können. Immer wieder blickte er auf das Mobiltelefon, loggte sich im Datingportal ein. Vielleicht hatte Jelena dort eine Nachricht hinterlassen? Erst abends schrieb sie, sie habe im Bad angerufen, es seien aber keine Flipflops abgegeben worden. Dennoch werde sie zum Bad fahren und die Liegewiese absuchen. Elias bot nochmals an hinzufahren. Jelena schrieb, sie könne das nicht annehmen. Und dann kam eine weitere Nachricht: »Hach, wie blöd das doch alles ist!!!«

Danirca

1

Wie man als Kellner in einem Café das Wort *Kakao* nicht verstehen kann! Hätte Daniela doch nur *heiße Schokolade* gesagt! Sie überlegt kurz, ob sie reklamieren soll. Dann aber lässt sie den Kellner die Flasche Cola auf ihren Tisch stellen, gießt sie ins Glas und nimmt den ersten Schluck. Sie holt ein Heft aus ihrer Tasche. Dieses Heft hat sie eigens dafür gekauft, um alle Dinge aufzuschreiben, die schieflaufen. Das Heft ist immer in ihrer Tasche. Oft schreibt sie tagelang nichts hinein. Manchmal wochenlang. Dann aber kommen sie wieder: die Tage, an denen sich Missgeschicke und Unglücke häufen. Sie kommen nie allein. Daniela kennt *Murphy's Law*: Alles, was schiefgehen kann, wird schiefgehen.

Ein Mann tritt an den Tisch neben Daniela. Er nimmt nicht den übernächsten Tisch, der auch frei wäre, sondern den nächsten. Er hält das Telefon an sein Ohr und spricht laut. Wie gut, dass Daniela ihr Heft noch nicht weggelegt hat. »Sie verkaufen Drogen«, sagt der Mann ins Telefon, »ungeniert. Vor der U-Bahn. Das ist eben die negroide Rasse. Aber das darf man ja nicht sagen.« Er setzt sich. »Na ja, lassen wir das«, sagt der Mann ins Telefon. Zu ihm kommt der Kellner schnell. Bei Daniela hat er lange gebraucht. Der Mann bestellt eine Cola. »Aber nicht eiskalt«, fügt er hinzu.

Das Buch, das Daniela in der Buchhandlung für ihre Freundin Selina bestellt hat, ist nicht rechtzeitig gekommen. Das schreibt sie sofort in ihr Heft. Der Geburtstag ist aber heute. Also muss sie etwas anderes für Selina besorgen. Die Vinothek, bei der sie unlängst eine Magnumflasche Champagner gekauft hat, hat ihr ein Kuvert geschickt. Daniela hat sich zu einer Kundenkarte überreden lassen. Sie hat das Kuvert, als sie es am Morgen aus dem Postfach nahm, nicht geöffnet. Daniela öffnet ihre Post nicht sofort. Sie hat Angst, dass es sich um hohe Rechnungen oder gar Mahnungen handelt und steckt sie in die Tasche. Jetzt holt sie das Kuvert von der Vinothek hervor. Sie denkt, es wäre nett, Selina zwei Flaschen Champagner mitzunehmen.

»Und die Chinesen«, sagt der Mann am Nebentisch ins Telefon, »heute ist schon wieder etwas in der Zeitung. Was? Na, die illegalen Teigtaschen. Aber das darf man ja nicht sagen. Sonst heißt es: Das ist eben ihre Kultur.« Warum kann dieser Mann nicht sterben? Jetzt! Ein Herzinfarkt direkt am Nebentisch. Ein Schlaganfall. Die Rettung wird gerufen, aber sie kommt zu spät. Wenn dieser Mann jetzt tot umfallen würde, müsste Daniela das in ihr Heft schreiben, oder nicht? Eine gute Frage.

Daniela öffnet das Kuvert. Es ist ein Brief mit einem abtrennbaren Gutschein: zehn Prozent Rabatt auf den nächsten Einkauf. Und auf dem Brief klebt ihre Kundenkarte. Ihr Name ist falsch geschrieben: Danirca Schadrn. Offensichtlich hat die Software, die das von Daniela ausgefüllte Formular eingelesen hat, ihr E als R und ihr L als C erkannt, denn sie heißt in Wirklichkeit Daniela Schaden. Macht nichts, das ist wieder etwas für ihr Heft. Leider trägt Daniela immer noch den Namen ihres Leider-immer-noch-Mannes. Vor elf Jahren haben sie sich kennengelernt, vor drei Jahren hat sie sich von ihm getrennt. Heute aber schreibt Daniela das erste Mal in das Heft, in dem alle Dinge stehen, die schiefgehen: Ehe mit Schaden.

»Für die Medikamente habe ich sechs Euro bezahlt. Gebühr. Sechs Euro«, sagt der Mann neben ihr ins Telefon, »früher war das gratis. Sechs Euro. Das sind zwölf Mark. Na ja, was willst du machen?« Warum rechnet der Mann in Mark? Er ist eindeutig Wiener. Die Währung vor dem Euro in Österreich war Schilling und nicht Mark. Warum redet er von Mark? Reichsmark vielleicht? Der Kellner bringt dem Mann die Cola. Ihm schenkt er aus der Flasche ins Glas ein, was er bei Daniela nicht gemacht hat. Der Mann betastet das Glas mit seiner Hand: »Das ist aber zu warm.« Nun beginnt eine Diskussion, wie warm etwas sein muss, wenn es nicht eiskalt bestellt wurde. Daniela versucht wegzuhören. Gleichzeitig versucht sie, den Gast und den Kellner durch ihre Gedankenkraft zu töten. Aber sie leben beide weiter, wie Daniela hören kann. Als der Kellner den Tisch verlässt, nimmt der Mann wieder sein Telefon zur Hand: »Ja, ich bin's nochmal. Also die Bedienung heutzutage …«

2

Ein paarmal hat Daniela diese Karla zusammen mit Selina gesehen. Und sie konnte sie schon damals nicht leiden. Im Park sitzen sie nun zusammen mit Daniela auf der Wiese und öffnen die erste Flasche Champagner. Selina und Karla haben Decken mitgebracht. Karla gibt vom ersten Moment an Befehle. Sie hat Gras dabei und rollt einen Joint. Das sind die einzigen Momente, in denen sie für kurze Zeit still ist. Das letzte Mal, als Daniela Gras geraucht hat, ging es ihr nicht gut. Außerdem macht sie sich Sorgen, wo man hier hinkann, wenn man aufs Klo muss. Auf der Wiese spielen drei junge Männer mit nacktem Oberkörper Federball. Dazwischen trinken sie. Sie versuchen, den Ball so weit wegzuschlagen, dass der andere ihn nicht erwischt.

Als Danielas Mutter anruft – das ist das vierte Mal an diesem Tag –, verlässt sie die Decke kurz, um zu telefonieren.

»Ich habe alle Tabletten auf einmal genommen. Ich kann kaum noch gehen.«

»Mama, bitte leg dich hin.«

»Wann kommst du heute?«

»Ich komme morgen.«

»Warum gehst du nicht ans Telefon?«

»Ich telefoniere doch gerade mit dir.«

»Wann kommst du?«

»Morgen.«

»Und wenn ich heute sterbe?«

»Dann stirbst du eben.«

Als Daniela zu Selina und Karla zurückkommt, wird mit dem Champagner angestoßen. Selina hat Becher, Bier, eine Torte und Teller mit Besteck dabei. Karla rollt den Joint fertig, zündet ihn an, raucht und gibt ihn dann an Selina weiter.

»Jetzt bist du vierundvierzig. Was wünscht man sich mit vierundvierzig?«, fragt Karla.

Daniela bekommt den Joint. Sie macht nur einen Zug und gibt ihn weiter.

»Meine Wünsche sind nicht erfüllbar«, sagt Selina. Karla liegt mit dem Kopf bei Selinas Füßen und betastet ihre Zehen. »Ich wünsche mir schon lange eine hundefreie Stadt«, sagt Selina. »Ich kann diese Viecher nicht ausstehen. Wie schwer es ist, hier einen Platz auf der Wiese zu finden, wo dir nicht alle zwei Minuten ein Hundsvieh über die Decke läuft. Wenn es nach mir geht: alle ab in die Tierverbrennungsanlage. Aber das darf man ja nicht sagen.«

Der Joint ist schon wieder bei Daniela angelangt. Diesmal nimmt sie zwei Züge. Sie trinkt ihren Becher Champagner leer.

»Trinkt nur, trinkt. Ich habe auch Bier mit«, sagt Selina.

»Ich wünsche mir eine Welt ohne Männer«, sagt Karla.

»Ich weiß nicht. Ganz ohne? Wer tötet dann alle Hunde?«, sagt Selina und lacht.

Daniela konzentriert sich kurz und schweigt. Das Zeug wirkt schon. Das ging aber schnell. Die jungen Männer im Hintergrund laufen einander nun auf der Wiese nach. Einer hat den Schläger und den Ball und versucht, sobald ihm ein anderer ganz nahe gekommen ist, den Ball scharf auf dessen Rücken zu schießen. Heißt das Ding beim Federball überhaupt Ball? Oder heißt es Feder?

»Ihr müsst Torte essen«, sagt Selina.

»Ein wenig später«, sagt Karla.

»Und was wünschst du dir, Daniela?«, fragt Selina.

»Ich würde gerne töten. Nur durch Gedankenkraft«, sagt Daniela.

»Auch nicht schlecht«, sagt Selina, »du könntest alle Hunde töten.«

»Und alle Männer«, sagt Karla.

»Es wären auch Frauen dabei«, sagt Daniela.

Mit der zweiten Champagnerflasche kommt auch der zweite Joint. Die jungen Männer sind nun dazu übergegangen, sich gegenseitig mit dem Schläger auf den Rücken zu schlagen. Daniela wartet, bis das Spiel in einen Faustkampf übergeht, aber es passiert nicht.

»Gibt es denn hier eine Toilette?«, fragt Daniela.

»Da unten irgendwo«, sagt Karla und zeigt in Richtung Allee.

»Warum gehst du nicht einfach hinter einen Busch?«, sagt Selina.

»Du bist doch mit dem Fahrrad hier, nicht?«, sagt Karla.

»Einfach in die Büsche!«, sagt Selina.

»Du fährst mit dem Fahrrad zur Allee«, sagt Karla.

»Ich finde schon etwas«, sagt Daniela. Sie steht auf und geht. Sie geht weit weg. Sie findet Karla übergriffig. Und Selina eigentlich auch. Aus der Ferne sieht Daniela, wie Selina in ihrer Kühltasche kramt und die Torte herausnimmt. Karla ist nun ebenfalls aufgestanden. Sie umarmt Selina von hinten. Selina dreht sich um und die beiden küssen sich.

3

Daniela ist nicht gerne bekifft, wenn sie allein auf der Straße geht. Sie wäre gerne betrunkener und fragt sich, ob sie auf dem Heimweg zwei Bierdosen vom Würstelstand mitnehmen soll. Zwei Bier würden sie bestimmt beruhigen. Aber allein die Vorstellung, dem Mann am Würstelstand ins Gesicht zu schauen und zwei Bierdosen zu bestellen, schreckt sie ab.

Sie bringt das Fahrrad in den Fahrradraum. Mit höchster Konzentration schließt sie ihr Rad mit dem Schloss ab. Dreimal kontrolliert sie, ob das Schloss auch um das Rad geschlungen ist. Denn vorige Woche hat sie das Rad einen halben Tag lang vor dem Bürogebäude stehen lassen, das Schloss aber nur um den Radständer geschlungen und nicht um ihr Rad. Aus Unachtsamkeit. Solche Dinge passieren ihr. Und sie will nicht, dass das nochmals passiert. Und sie will nicht, dass Karla Selina küsst, ihr die Zunge in den Mund steckt. Das ist eben die arische Rasse, denkt Daniela. Dabei fällt ihr der Mann im Café mit der zu warmen Cola wieder ein. Sie wollte ihn töten. Jetzt will sie Karla töten.

Daniela verdreht die Ziffernkombination auf dem Schloss. Jetzt steht sie auf 2712. Das ist auch verdächtig, denkt Daniela. Sie kichert. Hoffentlich sieht sie niemand.

2712 – der Geburtstag ihrer Mutter. Bestimmt hat ihre Mutter in der Zwischenzeit ein paarmal angerufen. Das Buch für Selina ist nicht gekommen. Welches Buch hat Daniela bestellt? Sie weiß es nicht mehr. Sie muss wieder kichern.

Als sie den Fahrradraum verlässt, will sie absperren, aber das Schloss klemmt. Sie versucht es mehrmals, schafft es aber nicht. Daniela lässt die Tür unversperrt. Sie ruft nicht den Lift, sondern geht schnell die Treppe nach oben. Nach dem ersten Stock muss sie kurz stehen bleiben und verschnaufen. Sie hört Herrn Wieder unten die Tür öffnen und den Gang entlanggehen. Herr Wieder, dessen Wohnungstür dem Fahrradhof gleich gegenüberliegt, kontrolliert, ob der Fahrradhof zugesperrt wurde. Er kontrolliert auch, ob der Müllraum und der Abgang zum Keller abgesperrt wurden. Daniela nennt ihn den Blockwart. Wenn sie Herrn Wieder auf dem Gang trifft, redet er meistens von Einbrechern. Hoffentlich trifft sie ihn jetzt nicht. Daniela hat Herzklopfen. Schnell schleicht sie einen weiteren Stock nach oben. Als sie knapp vor ihrer Wohnungstür ist, hört sie ihn brüllen: »Wieder nicht abgesperrt! Ein Wahnsinn ist das!« So leise wie möglich versucht Daniela aufzusperren, betritt die Wohnung und drückt die Tür zu.

Später sitzt sie mit ihrem Heft am Tisch und trägt nach, was an diesem Tag noch alles schiefgegangen ist: Absperren des Fahrradhofs. Morgen wird sie Herrn Wieder töten. Er wird tot im Müllraum liegen. Der Müllraum wird nicht abgesperrt sein. Aber niemand wird seine Leiche stehlen.

Aviva

1

Um 10:00 Uhr kam Inga vom Laufen zurück. Die letzten drei Kilometer hatte sie gehen müssen. Was war nur mit ihr los? Sie schaffte keine zehn Kilometer mehr. Sie hatte sich vorgenommen, an diesem Tag Wäsche zu waschen. Dazu müsste vorher aber der Trockner ausgeräumt werden. Sie öffnete ihn kurz und schloss ihn wieder.

Die Briefe der letzten beiden Wochen lagen immer noch ungeöffnet auf dem Küchentisch, den Installateur hatte sie auch noch nicht angerufen und die Hosen, die sie bestellt hatte, musste sie alle zurückschicken. Medium konnte sie vergessen. Doch sie beschloss, die Hosen einfach zur Altkleidersammlung zu bringen. Nein, das war zu weit weg, sie würde sie einfach in den Hausmüll werfen. Ein Mal ist kein Mal. Keine einzige Hose hatte Inga, keine einzige, in der sie sich wohlfühlte.

Es war 10:25 Uhr. Inga öffnete eine Flasche Weißwein. Am Vormittag nur zwei, drei Gläser und den Wein mit Soda spritzen. So hatte sie es sich vorgenommen. Nein, sie konnte den Trockner heute nicht ausräumen, schon der Anblick des Wäschetrockners machte sie panisch.

2

Mit frisch gewaschenem Haar, geschminkt und in ihrem schönsten Kleid verließ Inga kurz vor 11:00 Uhr die Wohnung. Seit Johannes ausgezogen war, verbrachte sie jeden Morgen im Café, frühstückte und versuchte, ein wenig zu arbeiten. In der Wohnung konnte sie nicht arbeiten, denn das Chaos lauerte in jeder Ecke und würde sie bald attackieren.

An diesem Tag aber wechselte sie das Café, denn sie glaubte, zwei Tage davor dort am Abend zu viel getrunken und auf dem Heimweg den Kellner, der sie begleitet hatte, geküsst zu haben. Sie war nicht sicher. Filmriss. Aber irgendetwas in ihrem Hinterkopf sagte ihr, dass da etwas gewesen war. Also lieber ein anderes Café.

Nachdem sie die Wohnungstür abgesperrt hatte, bemerkte sie im Korridor etliche Stapel Umzugskartons. Am Vortag war eine neue Mieterin in die Wohnung vis-à-vis eingezogen. Inga hatte die neue Nachbarin kurz gesehen, eine attraktive Frau Mitte dreißig. Aber offensichtlich nicht sehr ordnungsliebend. Inga kickte zweimal fest mit dem Fuß gegen einen Karton. Im Karton klapperte Geschirr. Inga hoffte, dass wenigstens ein Teller zu Bruch gegangen war. Dann lief sie die Treppe hinunter und verließ das Haus.

Der Ober mit dem Vollbart war sehr zuvorkommend, hielt Inga die Tür auf und nahm ihr die Jacke ab. Inga ließ es sich gefallen und lächelte. Sie wusste genau, dass Johannes sich längst nach einer Frau umsah, denn lange konnte er nicht allein sein und war es auch, bevor er sie kennengelernt hatte, nie gewesen. Sollte sie ihn anrufen? Nein, dazu war sie zu stolz. Sie bestellte das Wiener Frühstück und prägte dem Ober ein, dass sie mit einem weichen Ei wirklich ein weiches Ei meine: dreieinhalb Minuten, nicht länger. Sie genoss die Ruhe im Café, während Johannes seit 7:00 Uhr im Büro arbeiten musste. Sie blickte auf ihren Terminkalender. Eigentlich hatte sie in den nächsten Tagen nichts zu tun. Wolfgang hatte sie einmal angerufen, aber sie hatte den Anruf nicht angenommen und auch seine Nachricht nicht abgehört.

An den Tisch gegenüber setzte sich eine Frau. Ihr folgte ein halbwüchsiger Junge, der ohne seine Jacke auszuziehen am Tisch Platz nahm und sofort begann, mit einer Gabel zu spielen. Nach kurzer Zeit fiel die Gabel zu Boden. Die anderen Gäste betrachteten das Kind nur aus den Augenwinkeln. Nun widmete sich der Junge einem Löffel, der ebenfalls bald zu Boden fiel. Die Frau redete sanft auf den Jungen ein und zog ihm die Jacke aus: »Komm her, mein Schatz!« Sie zog den Jungen auf ihren Schoß, hob ihren Pullover, holte ihre linke Brust aus dem BH und ließ das Kind an ihrer Brustwarze saugen. Was heißt Kind! Inga schätzte ihn auf mindestens zehn Jahre. Sofort kam der Ober und begann den Tisch abzuräumen und zu wischen. Inga sah, dass er es nur darauf abgesehen hatte, einen Blick auf die Brust der Frau zu werfen. Sie täuschte sich nicht. Es war die neue Nachbarin. Inga erkannte die spitze Nase und das schöne schmale Gesicht, das sie schon bewundert hatte, als sie der Nachbarin im Korridor begegnet war. Nun aber nahm ihr diese Frau den Kellner weg, der ihr zuvor noch die Tür aufgehalten und die Jacke abgenommen hatte.

Die Frau bestellte, der Kellner entfernte sich aber immer noch nicht, während der Junge an der Brust der Mutter nuckelte. Als der Kellner endlich gegangen war, blickte die Frau zu Inga herüber.

»Männer starren immer nur, nicht wahr?«

Inga wollte so tun, als habe sie nicht gehört, als wüsste sie nicht, dass die Worte ihr galten. Aber sie konnte sich dem Blick dieser Frau nicht entziehen.

»Reden kann man nicht mit Männern. Aber man kann sich von ihnen anstarren lassen, nicht?«

Die Frau wartete nicht auf eine Antwort von Inga.

»Manche sagen, ich bin verrückt, dass ich ihn noch brustfüttere in diesem Alter.«

Allein die Wortstellung irritierte Inga. *Dass ich ihn noch brustfüttere* ... War das korrektes Deutsch?

»Ist das ein gutes Café hier? Finden Sie es ein gutes Café?«

»Ich finde es nicht uncool.«

Schon hatte Inga sich anstecken lassen vom komischen Deutsch.

»Mein Name ist Aviva Huygens. Sie sind meine Nachbarin, nicht?«

»Ja.«

»Ich habe Sie gesehen vor zwei Tagen.«

Der Ober brachte Inga das Wiener Frühstück. Inga wollte nun in Ruhe essen. Jetzt fühlte sie sich taxiert.

»Inga Vock.«

»Freut mich. Aber essen Sie nur. Man will sein Frühstück in Ruhe haben, nicht wahr?«

Der Junge hatte sich von der Brust der Mutter gelöst und kauerte nun neben ihr auf der Bank. Inga kriegte sie immer ab: die Freaks, die Wahnsinnigen, die Mühsamen. Die Beladenen, wie es hieß. Was für ein seltsames Wort. Johannes war auch einer von den Beladenen gewesen, als sie ihn kennengelernt hatte. Warum hatte Inga nur gedacht, dass sie ihn ändern könnte?

»Wenn Sie möchten ... Sie können einmal kommen auf einen Drink am Abend. Es sieht noch fürchterlich aus in der Wohnung. Nach dem Umzug.«

»Das stört mich nicht.«

Und wie es Inga störte! Sie hasste die Kartons, die im Korridor standen, und bestimmt war auch Avivas Wohnung voller nicht ausgepackter Kartons. Aviva! Was für ein seltsamer Name.

»Wie heißt denn Ihr Sohn?«

»Der hier?«

Als könnte Inga jemand anderen gemeint haben! Aviva fuhr dem Jungen durch die Haare und blickte in sein Gesicht.

»Tewes heißt er. Er ist ein richtiger Mann, nicht? Er kann mich immer nur blöd anstarren.«

Tewes! Noch ein seltsamer Name.

3

Inga wachte alle zwei Stunden auf. Sie schwitzte. Von den Hormonpräparaten, die die In-vitro-Fertilisation begleiteten, wie es so schön hieß, hatte sie unerträgliche Schweißausbrüche bekommen. Schwanger war sie nicht geworden. Johannes hatte sie verlassen. Die Tabletten nahm sie schon lange nicht mehr. Aber das Schwitzen war geblieben. Im Sommer wurde es zur Qual. Zuerst hatte sie nur weiße und gelbe Blusen getragen. Dann fand sie, die Schweißflecken fielen weniger auf, wenn sie dunkle Kleidung trug. Schließlich vermied sie es, bei Hitze überhaupt außer Haus zu gehen. Doch sie schwitzte auch, wenn es nicht heiß war.

Inga stand auf und ging ins Badezimmer. Im Vorzimmer sah sie auf der anderen Seite des Innenhofs, dass in Avivas Badezimmer noch Licht brannte. Es war kurz vor 3:00 Uhr morgens. Inga nahm sich vor, an diesem Tag eine Jalousie für das Vorzimmerfenster zu kaufen.

Sie saß auf der Toilette und wäre fast eingeschlafen. Johannes war weg. Gut, die beiden konnten kein Kind mehr bekommen. Aber musste er deswegen weglaufen? Inga heulte wieder einmal und hasste sich dafür. Männer starren einen nicht an, sie laufen bei jedem Problem davon, dachte Inga.

Sie betätigte die Spülung und wollte ins Schlafzimmer zurückgehen. Im Vorzimmer blickte sie nochmal in Avivas Badezimmer. Durch das geriffelte Glas sah sie Aviva nackt vor dem Waschbecken stehen. Sie war eine schöne Frau, das hatte Inga schon im Café gefunden, schlank, elegant, die langen, gekräuselten Haare reichten, wenn sie sie offen trug, bis zu den Brüsten. Ein wenig hatte Inga sich verliebt in Aviva. Das auch noch! Aber dass sie sich nackt vor ihrem Fenster zeigte, empfand Inga als Provokation.

Inga öffnete die Wohnungstür. Sie hatte ihren Pyjama an, war aber barfuß. Sie spürte den kalten Fliesenboden. Avivas Kartons standen immer noch im Gang. Inga wollte die Klingel betätigen, dachte dann aber, dass es 3:00 Uhr morgens war und Avivas Sohn bestimmt schlief. Tewes. Inga erinnerte sich an seinen Namen. Sie klopfte an die Tür. Sie wartete lange und klopfte noch einmal. Schließlich hörte sie Schritte, und die Tür wurde aufgesperrt.

»Entschuldigung. Ich habe gesehen, dass Sie noch wach sind.«

»Wollen Sie hereinkommen?«

Aviva trat zur Seite, um Inga eintreten zu lassen. Aber Inga blieb stehen.

»Nein, nein, es ist ja mitten in der Nacht. Ich wollte Ihnen … ich meine … Können wir per Du sein?«

»Sicher, ich bin Aviva.«

»Inga.«

Sie schüttelten einander die Hand.

»Ich wollte nur sagen, dass du eine wunderschöne Frau bist.«

»Danke! Möchtest du heute Abend auf einen Drink kommen?«

»Sehr gerne. Ich komme. Und dann nicht im Pyjama.«

Inga drehte sich um und wollte gehen.

»Ist alles in Ordnung, Inga?«

Aviva hatte ein Tuch übergeworfen, das hinter dem Hals verknotet war. Ein leichtes hellbeiges Baumwolltuch, das halb transparent war. Aviva sah gut aus, wirklich gut, richtig sexy. Alles konnte Inga durch dieses Tuch sehen.

»Ja, alles in Ordnung. Entschuldige bitte.«

»Dann bis morgen.«

»Bis morgen.«

4

Am folgenden Morgen und den darauffolgenden Tagen genierte Inga sich dafür, nachts bei Aviva geklopft zu haben. Sie hoffte, ihr im Treppenhaus nicht zu begegnen. Es kam auch nicht dazu. Ein paar Tage später besorgte sie Blumen und Wein. Eine Flasche Rotwein als Mitbringsel für Aviva und zwei Flaschen Weißwein für sich, um den Tag zu überleben. Sie nahm sich vor, am Abend bei Aviva zu klopfen. Oder sollte sie Aviva zu sich einladen? Inga hatte seit Wochen nicht aufgeräumt. Irgendwie fehlte ihr die Kraft dazu. Sie hatte sogar der Putzfrau abgesagt, weil sie es nicht geschafft hatte, vorher aufzuräumen. Wolfgang rief wieder einmal an. Aber Inga konnte jetzt nicht telefonieren.

Nach den zwei Flaschen Wein schlief Inga ein. Der Nachmittagsschlaf machte sie griesgrämig. Sie hasste nun die ganze Welt, auch sich selbst und vor allem Aviva. Sie wollte nicht rübergehen. Sie öffnete eine Flasche Prosecco und trank zwei Gläser davon, um in Stimmung zu kommen. Dann wollte sie ihr schönstes Kleid anziehen. Nur, welches Kleid war das schönste? Sie nahm sechs Kandidaten aus dem Hängeteil des Schranks und legte sie auf das Bett. Als sie das letzte Kleid aus dem Schrank nahm, sah sie, dass Johannes eine Jacke vergessen hatte. Genau konnte sich Inga daran erinnern, wie er diese Jacke auf der gemeinsamen Japanreise gekauft hatte. Es war eine teure Jacke von einem japanischen Designer, dessen Namen Inga entfallen war. Inga nahm schwarze Jeans aus dem Schrank und ein hauchdünnes weißes T-Shirt. Sie zog beides an und schlüpfte dann in Johannes' Jacke. Lange stand sie damit vor dem Spiegel. Das sah richtig gut aus. Sie trug keinen BH. Durch das T-Shirt konnte man ihre Brustwarzen sehen. Nur die Jeans schnürten sie ein. Es gab einfach keine Hose mehr, die ihr passte.

Inga nahm die Weinflasche und den Blumenstrauß und verließ die Wohnung. Hinter ihr fiel die Tür zu. Die Kartons waren aus dem Korridor verschwunden. Dafür standen zwei volle Müllsäcke vor Avivas Wohnungstür. Wie Inga Menschen hasste, die den Müll einfach vor die Tür stellten und tagelang nicht fähig waren, ihn in den Innenhof zu bringen.

Inga stand vor Avivas Tür und hielt kurz den Atem an. Sie hörte etwas. Etwas Eindeutiges. Sie hörte Aviva stöhnen, wie Frauen beim Sex stöhnen. Das Stöhnen wurde heftiger. Dann verstummte es. Inga drehte sich um und schlich zu ihrer Wohnungstür. Sie wollte in die Hosentasche greifen, als sie bemerkte, dass sie ihren Schlüssel hatte stecken lassen. Die Wohnungstür war zugefallen, und der Schlüssel steckte innen. Sie hatte sich ausgesperrt.

Inga nahm das Mobiltelefon aus der Jacke und rief einen Schlüsseldienst an. Zwanzig Minuten würde er brauchen, sagte der Mann mit dem Jugo-Akzent. Das würde, je nach Tür, 80 bis 150 Euro kosten. Inga stand im Treppenhaus und hoffte, dass Aviva nicht zufällig aus der Wohnung kommen würde. Noch einmal stellte sie sich an die Tür und lauschte. Kein Stöhnen mehr.

Der Typ vom Schlüsseldienst kam schneller als erwartet. »Das ist eine Sicherheitstür«, sagte er, »das kostet 150 Euro.«

Inga wollte, dass er auf ihre Brüste starrte, die durch das hauchdünne weiße T-Shirt gut sichtbar waren: »Ich kann Ihnen das Geld erst geben, wenn die Tür offen ist«, sagte Inga, »meine Geldtasche …«

Der Mann nickte und machte sich an die Arbeit. Dann forderte er Inga auf wegzuschauen. Sie tat es, hörte einen Schlag, und als sie sich wieder umdrehte, war die Tür offen. Inga gab ihm nur fünf Euro Trinkgeld für diese schwache Leistung. Er bedankte sich und verschwand.

Inga öffnete den Rotwein, der für Aviva bestimmt war. »Schwache Leistung«, dachte sie, »ganz schwache Leistung!«

5

Johannes hatte sich nicht gemeldet – weder wegen seiner japanischen Jacke noch aus irgendeinem anderen Grund. Inga hatte noch einmal das Café gewechselt, um Aviva nicht anzutreffen. Sie ging nun jeden Morgen in den Park, um drei Runden zu joggen. Drei Runden schaffte sie gerade eben.

Es war Dienstag. Wolfgang rief wieder an. Er rügte Inga dafür, dass sie ihn seit Tagen nicht zurückgerufen hatte. Dann kam er zur Sache: Er hatte einen großen Auftrag. Inga überlegte kurz und nahm sofort an, denn sie würde von diesem Geld ein halbes Jahr leben können. Sie verabredete sich mit Wolfgang für den Freitag.

Inga beschloss, jeden Tag joggen zu gehen, zu arbeiten und nicht zu trinken. Und sie beschloss, nicht an Johannes zu denken und die Wohnung aufzuräumen und endlich ein paar Pflanzen zu besorgen, damit es ein wenig netter aussah. Hosen musste sie kaufen. Und den Installateur anrufen. Und Aviva besuchen. Sie schrieb alle diese Punkte auf einen kleinen Zettel, den sie auf den Küchentisch legte. Sie zog eine Jogginghose und ein Sport-T-Shirt an. Dann legte sie sich auf die Kleider, die immer noch auf dem Bett lagen, und schlief ein.

Inga erwachte, als es an der Tür läutete. Erst beim dritten Läuten stand sie auf. Sie ging durch die Küche ins Vorzimmer. Auf der Uhr an ihrem Küchenherd sah sie, dass es schon 18:30 Uhr war. Sie öffnete. Aviva stand vor der Tür.

»Hallo, Inga«, sagte Aviva, »ich wollte fragen, ob du zu uns kommen magst. Wir bestellen Pizza.«

»Ja, gerne«, sagte Inga, »ich gehe kurz unter die Dusche. Ich bringe eine Flasche Wein mit.«

»Die kannst du für dich mitnehmen«, sagte Aviva, »aber ich trinke zurzeit nicht.«

»Ich trinke auch nicht. Ich bin in zwanzig Minuten bei euch.«

Inge duschte, dann nahm sie die Jeans und das hauchdünne T-Shirt aus der Schmutzwäsche und zog beides wieder an. Darüber trug sie die japanische Jacke von Johannes. Schnell goss sie zwei Gläser Prosecco ein und leerte beide mit einem Schluck, bevor sie die Zähne putzte.

6

»Ich muss mich entschuldigen«, sagte Aviva, »es sieht hier furchtbar aus. Bitte setz dich!«

»Was meinst du, wie es bei mir aussieht«, sagte Inga und lachte.

Aviva führte Inga in ein Zimmer, in dem sich ein großes L-förmiges Ledersofa und ein Couchtisch befanden. In der anderen Ecke stand ein Schreibtisch, an dem der halbwüchsige Sohn saß und zeichnete. Inga hatte seinen Namen vergessen.

»Tewes, sagst du Hallo zu Inga?«, sagte Aviva.

»Hallo, Tewes!«, sagte Inga.

Der Sohn sagte nichts und wandte sich wieder seiner Zeichnung zu.

»Ich habe Margherita, Diavolo und eine Capricciosa bestellt«, sagte Aviva, »ich hoffe, das ist o.k.?«

Inga nahm auf dem Ledersofa Platz. Aviva setzte sich neben sie.

»Du bist der erste Mensch, der uns hier besucht«, sagte Aviva.

Inga war verwirrt. Konnte das stimmen? Sie hatte doch Avivas Stöhnen durch die Tür gehört. Tewes war vom Schreibtisch aufgestanden und stand nun vor Aviva.

»Was willst du?«, fragte Aviva.

»Ich will die Brust«, sagte Tewes.

Es waren die ersten Worte, die Inga von diesem Kind gehört hatte, das kein Kind mehr war. Der Sohn streckte sich auf dem Sofa aus, sodass sein Hinterkopf in Avivas Schoß zu liegen kam.

»Vor der Pizza?«, fragte Aviva, »die Lieferung ist immer noch nicht da. Dieses Land ist so achter in Service. Du entschuldigst!«

Aviva öffnete ihre Bluse und gab ihrem Sohn die Brust. Ihr seltsamer Akzent war Inga schon im Café aufgefallen. Eigenartigerweise hatte Inga das Gefühl, dass er nur bei manchen Sätzen plötzlich auftauchte und dann wieder verschwand. Sie hörte das Nuckeln des Sohnes an Avivas Brust.

Die Pizza wurde mit der Hand aus dem Karton gegessen. Tewes verschwand nach einigen Bissen in einem anderen Zimmer.

»Er mag nur Pizzarand. Er isst fast nichts und verlangt immer nur die Brust«, sagte Aviva, »nur immer die Brust. Und das im Alter von vierzehn Jahren. Das muss aufhören. Eine schöne Jacke hast du da!«

»Danke«, sagte Inga.

»Weißt du«, sagte Aviva, »ich bin schwanger. Stell dir vor. Und das mit vierundvierzig.«

Inga schluckte gerade einen Bissen hinunter. Dann starrte sie Aviva an. Sie sollte ihr gratulieren. Sie wusste, dass sie ihr gratulieren musste. Das gehörte sich so. Stattdessen sagte sie: »Ich werde in zwei Monaten auch vierundvierzig.«

»Hast du Kinder?«, fragte Aviva.

»Nein, ich habe keine Kinder«, sagte Inga.

Aviva mampfte, nein, Inga fand, dass Aviva schmatzte. Sie hasste dieses Schmatzen. Inga konnte keinen Bissen mehr essen. Sie betrachtete das Chaos in diesem Wohnzimmer. Es sah schlimmer aus als in ihrer Wohnung. Viel schlimmer.

»Weißt du, ich bekam meinen ersten Sohn im Alter von sechzehn. Aber er ist gestorben. Bei einem Unfall«, sagte Aviva.

Inga sollte nun sagen, dass ihr das leidtat. Aber sie brachte keinen Satz heraus. Stattdessen fragte sie: »Wie alt war er, als er gestorben ist?«

»Erst fünfzehn«, sagte Aviva, »er ist gestorben, als ich mit Tewes schwanger war. Und jetzt bekomme ich noch ein Kind.«

Es entstand eine lange Pause.

»Wohnst du allein?«, fragte Aviva, die mit großem Appetit aß. Inga kämpfte mit den Tränen. Aviva bemerkte das nicht, denn sie schaute nicht von der Pizza auf.

»Ja«, antwortete Inga kurz.

»Das wird nicht lange so bleiben. Du bist eine schöne junge Frau«, sagte Aviva.

In diesem Moment schob Inga das T-Shirt hoch. Sie trug keinen BH. Es dauerte eine Zeit, bis Aviva aufblickte. Sie sah nicht entsetzt aus. Eher erstarrt. Sie sagte nichts.

»Fass sie an!«, sagte Inga.

Aviva kaute noch einen Bissen im Mund.

»Inga, ich glaube, das ist ein Missverständnis«, sagte Aviva.

»Bitte, berühre meine Brust!«, sagte Inga.

»Inga, ist alles in Ordnung? Ich mache mir Sorgen«, sagte Aviva.

Inga brüllte: »Fass sie an!«

Tewes steckte seinen Kopf durch die Tür des Nebenzimmers. Aviva stand auf, ging zu ihm, überredete ihn, im Zimmer zu bleiben, und schloss die Tür.

»Soll ich den Notarzt rufen?«, fragte Aviva.

Inga saß auf dem Sofa und heulte. Dann stand sie auf, ging zur Eingangstür und verließ Avivas Wohnung.

7

Inga hatte alle Lichter in der Wohnung ausgemacht. Das Telefon läutete einige Male, aber sie ging nicht ran. Sie stellte es lautlos. Später läutete es an der Tür, drei- oder viermal hintereinander. Inga hielt den Atem an. Lautlos nahm sie die Wodkaflasche aus dem Kühlschrank. Sie setzte sich an den Küchentisch und machte nur ein kleines Leselicht an. Sie schrieb mit der Hand, bevor sie es in den Computer tippen würde. Es war die Zusammenfassung der Aviva-Geschichte. Sie wollte das Exposé

Wolfgang schicken. Ein Plot, den es so noch nie gegeben hatte. Und er beruhte auf der Wahrheit: Eine Frau bekommt mit sechzehn das erste Kind. Mit diesem Kind zeugt sie wieder ein Kind, bringt aber ihren Sohn, der das Kind gezeugt hat, um. Dieses Kind ist nun zu drei Viertel von ihr. Sie wartet, bis auch dieser Sohn geschlechtsreif ist und gibt ihm so lange die Brust. Als es so weit ist, hat sie so oft wie möglich mit ihm Sex und mit vierundvierzig wird sie wieder schwanger. Bevor das Kind zur Welt kommt, wird Aviva Tewes töten. Tewes ist in großer Gefahr. Diese Geschichte, die wie ein Märchen klingt, spielt sich in Ingas Nachbarwohnung ab. Diese Frau, Aviva Huygens, möchte ein Kind zur Welt bringen, das zu sieben Achtel von ihr ist.

Wolfgang hatte achtmal angerufen. Inga rief zurück.

»Du hast mich versetzt, nicht wahr?«, sagte Wolfgang.

Ach, das Treffen! Inga hatte es ganz vergessen.

»Dafür habe ich ein Exposé für dich«, sagte Inga, »eine Geschichte, die so noch nie erzählt wurde. Du wirst staunen.«

»Inga«, sagte Wolfgang, »ist auch alles in Ordnung? Hast du getrunken?«

Christine

1

»Der Nachtfilm heute ist *Conan der Barbar*«, sagte Udo. Er zog an der Zigarette und redete weiter. Er redete in einem fort. »Es ist wahr, was man bei uns sagt, weißt du«, sagte Udo. »Über sieben Ecken kennt jeder jeden. Also kenne ich jemanden, der jemanden kennt, der jemanden kennt, der jemanden kennt, der wieder jemanden kennt, der Arnold Schwarzenegger kennt.« Er blickte mich sehr ernst an.

»Eine rauchen wir noch«, sagte er und bot mir eine Zigarette an. Ich wollte eigentlich keine mehr. Seit Udo mir den Lungenzug gezeigt hatte und streng überwachte, dass auch jeder Zug von mir ein Lungenzug war, wurde mir vom Rauchen schwindelig. An diesem Tag hatte ich aber etwas Wichtiges vor. Also nahm ich eine weitere Zigarette.

Wie immer am Sonntag hatten wir den Mittagstisch zu Hause früh verlassen, um uns in einer Scheune, die auf der Wiese hinter dem Fußballplatz stand, zu treffen. Alle anderen Dorfbewohner saßen noch zu Tisch oder beim Kaffee, und wir hatten Zeit für unsere Sonntagsarbeit: rauchen und mit der Torwette auf dem Fußballplatz ein wenig Geld verdienen, damit wir uns Zigaretten kaufen konnten. Ich hatte vierzig Schilling mit, Udo nur dreißig. Wir konnten also sieben Wetten platzieren. Neben dem üblichen 0:0 plante Udo, fünf Siege für den SC Hornstein zu tippen. Denn der SC Hornstein war bedeutend stärker als wir. Hornstein stand auf dem zweiten Tabellenplatz und konnte mit ein paar Siegen den Aufstieg in die Landesliga schaffen. Den siebten Tipp ließ Udo aber für einen Sieg unserer Mannschaft frei. Wir – das war der SC Frauenhaid.

Udo war schon vierzehn, ich erst dreizehn. Das machte damals einen bedeutenden Unterschied. Wie konnte ich es nur einfädeln, dass er mir zuhörte, dass er mich ernst nahm? Ich war verliebt. Seit acht Wochen. Sie war fünfzehn Jahre älter als ich. Und ich wollte sie sehen. Ich hatte auch schon einen Plan. Und Udo, das Mathematik- und Physikgenie, das alles, was wir taten, genau plante, sollte sich meinen Plan anhören und ihn verbessern. Aber ich hatte Angst, dass er mich einfach auslachen würde. Schlimmer: dass er weitererzählen würde, was mich beschäftigte.

»Wir tippen 1:0 für uns«, sagte Udo. »Nein, weißt du was, wir tippen 2:0 für uns«, fügte er hinzu. »Das tippt bestimmt niemand anderer, und wir müssen nicht teilen.« Ich warf die Zigarette auf den Boden, trat sie aus und vergrub den Stummel in der Erde. »Du machst eine halb gerauchte Zigarette aus?«, wies Udo mich zurecht. »Glaubst du wirklich, dass wir gewinnen?«, fragte ich. »Nein«, antwortete Udo und redete lange über seine Wettstrategie, während ich an Christine dachte.

Zu Ostern hatte ich mit meinen Eltern eine Reise nach Ägypten gemacht. Es war eine Gruppenreise. Die Gruppe bestand aus Familien, die mit meinen Eltern befreundet oder bekannt waren. Nur eine Reisende in unserer Gruppe kannten wir nicht. Sie war Angestellte des Reisebüros, bei dem wir die Reise gebucht hatten, und sie hieß Christine Homola. Und egal, ob wir zur Stufenpyramide des Königs Djoser, zur Cheopspyramide, zur Statue von Ramses II. in Memphis, durch die Tempel von Luxor, das Tal der Könige oder zum Assuan-Staudamm gingen, immer ging ich Christine hinterher und zählte die Schritte, mit denen ich in einen Fußabdruck treten konnte, den sie hinterlassen hatte.

Christine war siebenundzwanzig Jahre alt. Ihre dunkle Hautfarbe machte sie für mich zur Ägypterin. Sie war die schönste Frau, die ich je in meinem Leben gesehen hatte. Aber nicht nur ich hatte mich verliebt. Ein Mann aus unserer Gruppe, ein Lokalbetreiber aus der Bezirkshauptstadt, der mit seiner Frau und den Kindern reiste, verliebte sich ebenfalls in sie, und das so offensichtlich, dass es zu öffentlichen Schreiduellen des Ehepaars und Heulkrämpfen seines Sohnes kam, die alle anderen schweigend zur Kenntnis nahmen. Ich war aber nicht eifersüchtig auf diesen Mann. Nein, ich konnte ihn verstehen.

Christine wurde jeden Tag schöner. Bei einem Gartenfest in unserem Hotel in Assuan trug sie ein langes dunkelblaues Seidenkleid. Die Schweißflecken, die sich bei der Hitze unweigerlich bildeten, machten sie noch attraktiver. Christine trug das lange schwarze Haar meist hochgesteckt, ein buntes Band, das sie auf dem Basar in Kairo gekauft hatte, kunstvoll eingeflochten. Dann, am letzten Tag der Reise, setzte sie sich in Kairo zu mir in die Hotelbar des Bel Air und unterhielt sich zwanzig

Minuten mit mir. Ich erwähnte, dass mir die Aschenbecher mit dem Hotelwappen gut gefielen. Und Christine sagte: »Nimm einen mit!« Ich war verwundert. Ausgerechnet die Angestellte eines Reisebüros riet mir das? Sie selbst, sagte Christine, nehme alles aus Hotelzimmern mit: Handtücher, Schuhlöffel, Seifen, Kleiderbürsten, ja sie habe sogar immer einen Schraubenzieher dabei, um Kupfer- oder Messinghaken von den Garderoben abzuschrauben, wenn sie ihr gefielen. Und während sie redete, bewunderte ich Christine, ihr Lächeln, den dick aufgetragenen Kajal, die kunstvoll hochgesteckten Haare und das enge olivgrüne T-Shirt mit dem weiten Ausschnitt, der ihren Hals bis zum Ansatz des Schlüsselbeins sichtbar machte.

Wir waren zu früh. Vor dem eigentlichen Ligaspiel traten die beiden Reservemannschaften gegeneinander an. Dieses Match war gerade im Gange, wir verfolgten es unaufmerksam und gelangweilt und warteten, dass der Kassier des Fußballvereins kam, um unsere Torwetten entgegenzunehmen. Lachend erzählte Udo mir, dass die Reservemannschaft in einem Trainingsspiel unlängst unsere Kampfmannschaft geschlagen habe. Dann schwieg er lange und sagte schließlich: »Auch im Fußball ist es so: Über sieben Ecken ist jeder Europacupsieger.«

Ich war jede Minute bereit, Udo von Christine zu erzählen, aber er war ganz in seinen Gedanken versunken: »Unsere Reserve hat gegen unsere Kampfmannschaft gewonnen. Wenn unsere Kampfmannschaft heute gewinnt, dann sind wir besser als Hornstein. Hornstein hat einmal den SV Güssing geschlagen. Der SV Güssing hat den

FavAC im Cup besiegt. Der FavAC hat vor zwei Jahren einmal gegen die Austria gewonnen. Und die Austria …«

Ich weiß nicht, wie es weiterging. Heraus kam jedenfalls, dass unsere Reserve stärker war als Liverpool. Doch ich hatte an diesem Tag keine Geduld für die Sieben-Ecken-Theorie. Ungeduldig klapperte ich mit den vier Zehnschillingmünzen in meiner Hand.

»Jetzt gib schon unsere Tipps ab«, sagte ich.

»Warte noch ein wenig«, sagte er.

»Ich muss dir etwas sagen: Ich bin verliebt.«

»Ach, deshalb bist du so nervös«, sagte Udo.

Nun erzählte ich Udo von Christine. Er dachte lange nach. Dann riet er mir, mit dem Bus nach Wien zu fahren, um Christine zu treffen. Ich solle im Reisebüro nach ihr fragen und sie zum Mittagessen einladen. Ich kannte nur ein einziges Restaurant in Wien, ein chinesisches Lokal in der Jasomirgottstraße, gegenüber dem Eingang zur Stephanskirche. Udo riet mir auch, ein Geschenk mitzubringen. Aber was könnte das sein?

»Raucht sie?«, fragte er.

»Die roten Rothmans«, sagte ich.

»Wow«, sagte er und nickte.

»Und was sage ich meinen Eltern?«

»Fahr am Wochenende«, sagte er, »dann kannst du sagen, du fährst ins Bad. Ist doch egal, du bist am Abend wieder zurück.«

Wir unterhielten uns lange über meine Strategie. Dann allerdings fiel das 1:0 für unsere Mannschaft.

»Unser 2:0-Tipp lebt!«, sagte Udo. »Wahnsinn! Das wäre der blanke Wahnsinn!«

Ich folgte dem Match nicht wirklich. Das Klubhaus unseres Vereins hatte auf dem Dach den Schriftzug: SC FRAUENHAID. Ich zeigte auf das Dach. Udo war irritiert. Er wartete darauf, dass wir noch ein Tor schossen.

»Steht auf dem Dach des Klubhauses in Hornstein SC HORNSTEIN?«, fragte ich.

»Ja und?«

»Wenn man den Abstand weglässt, würde es sich wie SCHORNSTEIN lesen«, sagte ich.

»Du bist ein Sprachgenie«, sagte er.

An diesem Tag aber feierte das Physik-, Mathematik- und Wettgenie Udo seinen großen Triumph. Wie es zugegangen war, wusste niemand, aber wir hatten tatsächlich das 2:0 gemacht mit einem Kopfball knapp vor dem Tor. Ich hatte es nicht genau gesehen, und wir bedauerten wieder einmal, dass es keine Zeitlupenwiederholung gab wie beim Fußball im Fernsehen.

Achthundertzwanzig Schilling gewannen wir. Wir machten halbe-halbe. Udo rechnete aus, wie viele Packungen Zigaretten wir davon kaufen konnten.

»Der Bus nach Wien und das Mittagessen gehen sich auch locker aus«, sagte ich.

»Du hast wirklich nichts anderes im Schädel als diese Frau«, sagte er.

2

Der Busfahrer kannte mich. Nachdem ich als Letzter eingestiegen war, schloss er die Bustür und wollte losfahren. Er wusste, dass ich Schüler war und im Bezirk kostenlos fahren durfte. Ich blieb aber stehen.

»Nach Wien«, sagte ich.

»Nach Wien«, wiederholte er ganz laut, sodass es die hinter ihm sitzenden Frauen hören mussten. Dann sagte er den Preis, und ich bezahlte. Er drückte das Retourgeld aus den Münzschächten. Dann riss er den kleinen Fahrschein im Drucker ab und gab ihn mir.

»Umsteigen in Eisenstadt«, sagte er und fuhr los.

Die Fahrt nach Eisenstadt ging noch einigermaßen. Danach wartete ich am Domplatz anderthalb Stunden auf den Bus nach Wien. Diese Strecke war ich noch nie mit dem Bus gefahren. Ich überlegte, was Udo wohl dachte. Und ich glaubte, es genau zu wissen: Er dachte, dass die Sache mit Christine nach diesem Tag vorbei sein würde. Und das war ihm recht. Er brauchte jemanden zum Rauchen, zum Wetten und der die Lateinschularbeit für ihn schrieb. Ein Verliebter, das war nichts für ihn.

Es war ein makelloser Sommertag, heiß, windstill und wolkenlos. Bald würde Udo im Bad im Buffet sitzen und allen erzählen, was ich gerade für eine idiotische Reise auf mich nahm. Noch dazu aus Liebe.

Ich hatte ein einziges Foto von Christine und hielt es während der ganzen Busfahrt in der Hand. Meine Eltern hatten während der Reise fotografiert, mein Vater hatte diese Fotos ausgewählt, chronologisch geordnet, beschriftet und in ein Album eingeklebt. Auf einem Foto im Tal der Könige stand meine Mutter neben dem Reiseleiter und Christine. Ich hatte die Klebefolie abgezogen und dieses Foto heimlich entfernt. Stattdessen hatte ich ein anderes aus dem Tal der Könige eingeklebt. Dann hatte ich Christine mit einer Schere aus dem Foto geschnitten und den Ausschnitt in meiner Geldtasche versteckt. Dort befand sich auch Christines Wohnadresse, die sie am letzten Tag der Reise in Kairo für mich aufgeschrieben hatte, und ihre Visitenkarte.

Ich stieg am Matzleinsdorferplatz aus, der hässlichste Ort, an dem ich jemals gewesen bin. Ich kannte mich zwar schon aus, fand aber doch nicht gleich die richtige Unterführung, die mich zur Straßenbahnhaltestelle brachte, von der ich zur Oper fahren konnte. Dennoch war ich über Udos Zeitmanagement erstaunt. Um 11:30 Uhr war ich bei der Oper. Um 11:50 Uhr stand ich vor Christines Bürogebäude. Bestimmt geht sie um 12:00 Uhr Mittag essen, dachte ich. Es ging sich also alles aus.

Am Empfang saß eine Dame mit seidenem Halstuch, die mich fragte, ob sie mir helfen könne. Ich sagte, ich wolle zu Christine Homola. »Ich rufe sofort an«, sagte die Dame, »wenn Sie einen Moment Platz nehmen, bitte!«

Es gefiel mir, dass sie mich mit Sie anredete. Ich nahm auf einem Ledersofa Platz. Auf dem Couchtisch lagen haufenweise Reisemagazine. Ich hatte geglaubt, ich würde nervös werden. Aber plötzlich war ich ganz ruhig. Ich spürte Erleichterung. Als warme Flüssigkeit rann sie an der Innenseite meines linken Oberschenkels entlang.

Ich stand sofort auf. Die Dame am Empfang blickte mich ein wenig genervt an: »Einen Moment Geduld, bitte! Fräulein Homola wird gleich bei Ihnen sein.« Ich weiß nicht mehr, was für ein Gesicht sie gemacht hat, als ich wortlos an ihr vorbeiging und das Gebäude wieder verließ. Ich ging die Straße entlang und immer weiter durch die Stadt, über die Ringstraße und weiter über die Wiedner Hauptstraße bis zum Matzleinsdorferplatz. An einer Würstelbude kaufte ich eine Dose Cola. Ich stellte mich hinter die Bude, wartete, bis ich mich unbeobachtet fühlte, und goss mir die Cola über die nasse Stelle meiner Hose. So bin ich dann im Bus wieder zurückgefahren, und ich hatte sogar Glück: Ich erwischte einen direkten Bus und musste nicht mehr in Eisenstadt umsteigen.

3

Bei uns zu Hause war Besuch. Die Eltern waren im Gespräch, was mich freute, denn ich dachte, dass sie abgelenkt sein würden. Als ich aber meine Hose auszog und gerade in der Schmutzwäsche vergraben wollte, kam meine Mutter ins Badezimmer. In der Hand hielt sie den Sportsack, in dem ich meine Badesachen hatte.

»Wo warst du?«

»Im Bad«, sagte ich.

»Ohne deine Badesachen? Lüg nicht! Und Frau Jöchtl vom Kaufhaus hat mir erzählt, dass du gestern eine Stange Rothmans gekauft hast.«

Ich hoffte, dass unsere Gäste niemals gehen würden.

Ich saß neben Vater und Mutter, folgte den Gesprächen aber nicht. Nur einmal musste ich zuhören, als mein Vater sich über einen Mann namens Fred lustig machte, den auch das befreundete Ehepaar kannte und der sich alle paar Monate in eine andere Frau verliebte. »Das letzte Mal hat er sich in eine Französin verliebt«, erzählte mein Vater. »Also hat Fred monatelang gespart, um ein Flugticket nach Paris kaufen zu können. Seine Angebetete arbeitete dort als Kellnerin in einem Café. Er ist sofort nach der Landung vom Flughafen zu diesem Café gegangen, nur um festzustellen, dass sie hochschwanger war. Er ist gleich wieder zurückgeflogen. Jeden Tag hat er mich angerufen, um sich auszuweinen, aber jetzt gibt es glücklicherweise eine neue Flamme. Sie heißt Franziska, glaube ich.«

Irgendwann gingen die Gäste. Und mir blieb nichts anderes übrig, als meinen Eltern die Wahrheit zu erzählen. Meine Mutter war froh, dass ich die Zigaretten nicht für mich gekauft hatte. Und mein Vater war irgendwie gerührt davon, dass ich verliebt war. Obwohl ich Angst hatte, dass er vor den nächsten Besuchern auch meine Geschichte zum Amüsement aller erzählen würde.

4

Am nächsten Tag traf ich Udo, der ziemlich zerknirscht war. Sein Vater hatte erfahren, dass wir die Torwette gewonnen und den höchsten Gewinn eingestreift hatten, der beim Fußballverein je gemacht worden war. Er war allerdings auch dahintergekommen, dass Udo das meiste davon für Zigaretten ausgegeben hatte.

»Stell dir vor, er hat sie mir weggenommen. Alle!«

»Was hast du erwartet?«, fragte ich.

»Und? Wie war es in Wien? Erzähl endlich! Ich bin gespannt.«

Ich konnte Udo einfach nicht die Wahrheit erzählen. Und so erzählte ich die Geschichte von Fred. Als ich ins Reisebüro gekommen sei, hätte ich Christine schon aus der Ferne gesehen. Hochschwanger sei sie gewesen, und ich sei daraufhin sofort geflohen.

»Hab ich mir gleich gedacht, dass eine solche Alte schon einen Pächter hat. Eine Frau, die Rothmans raucht!«, sagte Udo.

Ich spielte ein wenig den unglücklich Verliebten. Aber Udo tröstete mich nicht. Er sprang plötzlich auf und sagte: »Das heißt mit einem Wort: Wir haben nun die ganze Stange Rothmans für uns!«

Asuman

1

Es war Asumans Idee gewesen, in derselben Woche Urlaub zu nehmen und gemeinsam nach Venedig zu fahren. Kurt war sicher, dass die Dame am Schalter ihnen alles ansah. Siehe da, es gab einen Schlafwagen mit zwei Betten, mit Toilette und Waschbecken. Und man konnte das Abteil über Nacht absperren.

Seit drei Monaten waren sie verliebt. Kurt hatte Asuman erst nach einem Monat küssen dürfen. Für ihn war es wie ein Zauber, ein Wunder, etwas Unvorstellbares. Asuman war elf Jahre jünger als er, ihr schlanker Körper, das lange schwarze Haar, ihre makellose Haut – Kurt konnte nicht begreifen, dass ein so schönes, unschuldiges Wesen in ihn verliebt sein konnte. Bisher war er in Liebesdingen ein Schurke gewesen und hatte es zum Glück auch immer nur mit Schurkinnen zu tun gehabt. Aber jetzt! Er dachte seit drei Monaten an keine andere Frau. Wenn Marina ihm eine SMS schrieb, wimmelte er sie ab. Anderen Frauen antwortete er überhaupt nicht mehr. Das war ihm noch nie zuvor passiert. Jeden Abend ging er mit Asuman spazieren oder in ein Lokal. Er brachte sie nach Hause, musste sich aber an der Ecke vor der Wohnung ihrer Eltern verabschieden. Asumans Familie durfte nicht wissen, dass sie einen Freund hatte, der noch dazu kein Türke war.

»Möchten Sie eine Stornoversicherung abschließen?«, fragte die Frau am Schalter.

Asuman kam Kurt zuvor: »Nein, danke!«

»Dann wünsche ich Ihnen eine schöne Reise.«

Sie weiß alles, dachte Kurt. Diese Frau am Schalter wusste alles. Aber was war eigentlich alles?

Der Ticketkauf musste gefeiert werden. Also saßen sie an diesem Abend in einem Lokal am Donaukanal. Man musste die Getränke selbst holen und überhaupt war die Stimmung wie bei einem Volksfest und gar nicht feierlich. Immer wieder betrachteten sie die Tickets, die sie gekauft hatten. Und davor, dazwischen und danach küssten sie sich, einmal so heftig, dass Asuman von ihrem Stuhl aufstand und sich auf Kurt setzte. Sie konnten keine zwei Minuten voneinander lassen.

Manchmal blickte Kurt sich um, um zu überprüfen, ob nicht zufällig jemand von ihrer Arbeit in der Nähe war. Oder Marina. Und manchmal beobachtete er, wie Asuman in die Menge blickte. Und er fragte sich, ob sie Angst davor hatte, dass jemand aus ihrer Familie hier sein könnte. Dann küssten sie sich weiter.

»*Kurt* heißt im Türkischen der Wolf«, sagte Asuman. Und Kurt, der sich kaum als Wolf fühlte, musste lachen. Er hatte sich bereits einen Türkisch-Sprachkurs zum Selbststudium besorgt. In seinem ganzen Leben hatte er keine andere Fremdsprache als Englisch gelernt. Er war zwar gut im Vokabellernen, aber alles andere fiel ihm schwer. So hatte er auch in dem Lehrbuch erst das kleine Wörterbuch im Anhang durchgelesen und dort entdeckt, dass das Wort *Armut* im Türkischen *Birne* bedeutete. Er sagte es Asuman. Sie lachte nicht, sondern nickte mit weit aufgerissenen Augen und sagte: »Ja, das stimmt.«

Wie immer begleitete er sie auf dem Nachhauseweg so weit, wie sie es zuließ. »Besuchen wir in Venedig die Markuskirche?«, fragte Asuman.

Kurt zuckte mit den Achseln. »Wenn du das möchtest«, antwortete er, »ich war noch nie dort.«

»Welcher Markus überhaupt?«

»Der Evangelist. Nach der Sage haben venezianische Kaufleute die Knochen des heiligen Markus in Alexandria gestohlen und in einem Korb mit Schweinefleisch versteckt, um sie vor muslimischen Zöllnern zu verstecken. Sie brachten die Knochen nach Venedig und setzten sie im Dom bei.«

Asuman lachte. »Wirklich? In einem Korb mit Schweinefleisch? Glaubst du, das stimmt?«

»Es stimmt bestimmt nicht. Wahrscheinlich haben sie einfach Tierknochen begraben.«

»Wieso denkt man sich solche Geschichten aus?«

Asuman zog Kurt in einen Hauseingang. Dann küssten sie sich wieder. Kurts Hand tauchte unter Asumans T-Shirt und war überall. Der Alkohol hatte beide ein wenig mutiger gemacht.

»Kommst du mit zu mir?«

»Es geht nicht, Kurt«, sagte Asuman, »heute nicht.«

Und später sagte Asuman: »Bereust du es schon, dass du dir eine Türkin genommen hast?«

»Ich liebe dich, Asuman«, sagte Kurt und nannte sie absichtlich nicht Asu wie die Kolleginnen und Kollegen in der Arbeit.

Auch an diesem Abend ging Kurt allein nach Hause. Er hatte bereits eine SMS an Marina verfasst, ohne sie abzuschicken. Sie lautete: »Liebe Marina, ich muss einfach die Wahrheit sagen und dir mitteilen, dass ich seit drei Monaten sehr verliebt bin und eine glückliche Beziehung habe. Ich bitte dich um Verständnis. Grüß Dana lieb von mir, Kurt.«

Kurt war einmal mit Marinas sechsjähriger Tochter beim Wiener Derby der Regionalliga Ost, Sportklub gegen Vienna, auf der Hohen Warte gewesen. Die kleine Dana, die mit ihrer Baseballkappe wie ein Junge ausgesehen hatte, hatte dagesessen und schon nach wenigen Minuten zu Kurt gesagt: »Es gibt drei Probleme: Das Feld ist zu klein, es gibt keinen Kommentator und keine Zeitlupenwiederholung.« Kurt hatte Bier getrunken und Dana nach dem Match nach Hause gebracht. Marina verschwand mit Dana im Kinderzimmer, bis die Kleine eingeschlafen war. Danach kam sie in die Küche und trank mit Kurt Prosecco. Und dann kam es natürlich dazu, obwohl Kurt sich vorgenommen hatte, es nicht dazu kommen zu lassen. In der Nacht musste Kurt irgendwann gehen, denn Dana sollte Kurt morgens nicht sehen. Dazu war es noch zu früh, meinte Marina.

2

Schon kurz nach der Abfahrt hatten Asuman und Kurt die zwei kleinen Proseccoflaschen geöffnet, die die Schlafwagenpassagiere auf ihren Betten vorfanden. Sie tranken den Prosecco, der viel zu warm war, aus Plastikbechern. Asuman war seltsam still. Als Kurt das Formular für die Frühstücksbestellung ausfüllen musste und ihr ein paar Fragen stellte, antwortete sie sehr verzögert. Kurt kreuzte irgendetwas an und gab das Formular der Schlafwagenschaffnerin. Sie zeigte den beiden noch, wie das Abteil von innen abzuschließen war. Und sofort machten sie davon Gebrauch.

Vor dem Zugfenster türmten sich hohe dunkle Wolken. Asuman zeigte manchmal in den Himmel und zog Kurt zu sich auf die untere Liege. Diesmal gab es kein Nach-Hause-Gehen um 22:00 Uhr. Nach einem langen Kuss öffnete Asuman ihre olivgrüne Bluse und zog sie aus. Kurt wusste, was Asuman vorhatte. Das irritierte ihn ein wenig. Nicht Asumans Vorhaben, sondern dass seine Ahnung richtig war. Dann wurden sie von einer Durchsage gestört, die bekanntgab, dass keine weiteren Durchsagen folgen würden.

Vielleicht hätte Kurt mit ihr sprechen sollen. Er wusste aber nicht, über was. Es war ganz still, außer dass der Zug in den Kurven dieses eigentümliche Geräusch von sich gab, das Kurt das brüllende Metallmonster nannte. »Sei bitte ganz vorsichtig«, sagte Asuman.

Als Kurt erwachte, wusste er zuerst nicht, wo er war. Er brauchte einige Zeit, bis er bemerkte, dass er in einem

Zug war, im Schlafwagen. Doch vor dem Fenster zog keine Landschaft vorbei. Draußen war es finster und ruhig. Der Zug stand still. Und Kurt lag auch nicht auf der oberen Liege wie vereinbart, sondern auf der unteren. Er hob den Kopf und sah, dass Asuman zu seinen Füßen am Ende der Liege saß und mit beiden Händen ihren Unterleib hielt.

Asuman sah ihn an und lachte: »Gut geschlafen?« Tatsächlich hatte er tief geschlafen. Ihm war, als erwache er aus einer Bewusstlosigkeit. Der Zug wartete in Salzburg eine Stunde auf einen anderen Zug aus München, wurde mit diesem zusammengehängt und fuhr dann weiter. Asuman hatte immer noch eine Hand auf ihrem Unterleib. »Ist alles in Ordnung?«, fragte Kurt. »Es spannt ein bisschen«, sagte Asuman, »ich habe eine Kollegin gefragt. Sie hat mir gesagt, dass es beim ersten Mal ein bisschen wehtut. Aber beim zweiten Mal ist es dann hundertmal so schön. Und beim dritten Mal tausendmal so schön!«

Kurt war schockiert – über sich selbst. Er hasste sich für seine Unachtsamkeit. Er setzte sich hinter Asuman auf die Liege und massierte ihre Schultern. »Habe ich … war ich …« Jeder Satz krepierte. »Alles ist gut. Es war sehr schön«, sagte Asuman.

In diesem Moment wurde Kurt klar, dass er ein Schurke war. Die SMS an Marina hatte er bisher nicht abgeschickt. Im Gegensatz zu den verschlagenen Frauen, die er bis dahin getroffen hatte, war seine junge Kollegin hier ehrlich und mutig. Sie riskierte alles für eine Woche Venedig mit ihm. Sie riskierte alles für ein Leben mit ihm.

Wer weiß, was sie ihren Eltern hatte erzählen müssen, um überhaupt wegfahren zu dürfen? Er strich Asumans langes Haar zur Seite und massierte ihr den Nacken. Es war ein Nacken von gespenstischer Vollkommenheit, die hellbraune Haut makellos glatt, die schwarzen Härchen perfekt angeordnet. Asuman streckte sich auf der Liege aus und legte den Kopf in Kurts Schoß. Er legte seine Hand auf Asumans Bauch, wie sie es vorhin getan hatte. Sie wusste, was durch seinen Kopf ging und sagte leise: »Es war wirklich sehr schön.«

Irgendwann schlief Asuman ein. Kurt war erleichtert, auch wenn er jetzt nicht mehr schlafen konnte. Er musste nicht reden, sondern konnte den Geräuschen des Nachtzugs zuhören. Kurt fand es wunderbar, wie Asuman alles in die Hand genommen hatte: Sie hatte bestimmt, wann sie sich das erste Mal küssen durften, und dass sie gemeinsam in Urlaub fahren sollten. Sie bestimmte, und er folgte ihr. Wahrscheinlich würde er sie heiraten müssen, damit ein Zusammenleben möglich war. Und er würde ihr auch darin folgen. Kurt musste nur noch diese SMS an Marina abschicken. Nicht ungern erinnerte er sich an den letzten Besuch bei Marina. Sie hatte ihn verführt – nach allen Regeln der Kunst, wie man so sagte. Was für eine dumme Redewendung! Was für ein dummer Gedanke!

Victoire

1

»Er schläft immer noch«, sagte Victoire. Marie nahm einen Löffel aus der Besteckladc. Sie betrachtete ihn und versuchte, mit dem Daumennagel eine Kruste wegzukratzen. Dann gab sie auf, legte den Löffel in den Geschirrspüler und nahm einen anderen. Victoire öffnete die Tür zum Fernsehzimmer und rief: »Carl, willst du deine Urenkelin nicht sehen?« Marie brachte zwei Löffel zum Tisch: »Lass ihn!«

»Komm, wir nehmen einen Aperitif«, sagte Victoire und schob den kleinen Wagen an den Tisch. Die Flaschen schlugen aneinander. Marie musste sich zwingen, nicht zu helfen. Sie setzte sich und versuchte die Vorstellung, dass alle Schnaps- und Likörflaschen auf dem Servierwagen umfielen und auf dem Boden landeten, zu vertreiben.

»Magst du immer noch keinen Wermut, meine Kleine?«, sagte Victoire. »Ich habe gehört, dass Wermut jetzt wieder getrunken wird unter den jungen Leuten.« Marie lachte: »Woher weißt du solche Sachen?« Victoire stellte eine Flasche Pernod auf den Tisch.

Es dauerte, bis Victoire eingeschenkt und das Eis auf den Tisch gestellt hatte. Marie zwang sich auch hier, nicht zu helfen. Schließlich setzte Victoire sich: »Das Besteck ist verdreckt, oder?« Marie tat so, als habe sie nicht verstanden. »Ich habe doch gesehen«, sagte Victoire, »wie du den Löffel aus der Lade in den Geschirrspüler gegeben hast.« Marie musste lachen. Die Uroma hatte sie ertappt. »Weißt du, ich sehe das nicht mehr«, sagte Victoire, »ich sehe den Dreck nicht mehr. Und Carl schläft und schläft und schläft. Und wenn er nicht schläft, schreibt er seine Memoiren. Warum bitte muss ein alter Trottel seine Memoiren schreiben? Wer will das lesen?«

Marie liebte ihre Urgroßmutter, die aus Frankreich stammte und kurz nach dem Zweiten Weltkrieg nach Wien gekommen war. Sie fand Victoire mit ihren siebenundneunzig Jahren so würdevoll wie sonst niemanden auf der Welt. Würdevoll und scharfsinnig. Und liebenswert. »Carl, Marie ist da!«, rief Victoire in den Fernsehraum. Marie trank einen Schluck vom Pernod. Der Geschmack erinnerte sie an ihre Kindheit, als sie mit ihrem Bruder heimlich Pernod vom Servierwagen getrunken hatte, um die Urgroßeltern zu imitieren und Aperitif zu spielen.

»Wenn er wach ist, schreibt er seine Memoiren«, sagte Victoire, »oder er sitzt da und fürchtet sich vor Corona. Stell dir das vor! Ein Mensch, der hundertsechs Jahre alt ist, hat Angst vor dem Sterben. Er glaubt, er kann ewig leben.« Sie nahm noch einen Eiswürfel mit der Zange und ließ ihn ins Glas fallen. Dann goss sie nach.

»Der Arme! Ich werde die Maske aufsetzen, wenn er wach ist«, sagte Marie.

»Arm?«, sagte Victoire. »Er ist ein alter Trottel. Er kann doch froh sein, wenn er beim Fernsehen einschläft und nicht wieder aufwacht. Du darfst hier rauchen, wenn du willst.«

Marie schüttelte den Kopf: »Nein, nein, ich rauche draußen.«

Victoire nahm einen Löffel vom Tisch und betrachtete ihn aus kurzer Entfernung. Sie hielt den Löffel dabei nicht genau vor ihr Auge, sondern weit rechts davon, als sähe sie aus den Augenwinkeln besser.

»Er erinnert sich an nichts mehr«, sagte Victoire. »Vergangenheit, Gegenwart und Zukunft, es ist ein einziger Matsch in seinem Resthirn.« Marie musste lachen. Sie schaute Victoire in die Augen und war nicht sicher, ob sie von ihr gesehen wurde. »Als ich fünfundsiebzig war, dachte ich, er würde bald sterben, und ich könnte noch ein paar Jahre allein reisen«, sagte Victoire. »Deine Großmutter ist ja schon mit achtundfünfzig gestorben. Ich habe nicht damit gerechnet, dass wir so alt werden.« Marie dachte nach. Die Zahlen stimmten exakt. Victoire hatte den frühen Tod ihrer Tochter erleben müssen. Auch ihre Enkelin, Maries Mutter, war früh gestorben. An Brustkrebs. Die Enkelin hatte Marie geheißen, genauso wie die Urenkelin Marie hieß. Und Marie war nicht sicher, ob Victoire und Carl sie beide nicht manchmal verwechselten. Auch Maries Mutter mussten die Großeltern so alt vorgekommen sein, wie sie Marie jetzt vorkamen. Da war wenig Unterschied, außer dass es damals keine Smartphones gegeben hatte. Und kein Corona.

»Weißt du, Urli, ich habe Angst«, sagte Marie, »Angst, dass ich auch Brustkrebs bekomme.« Victoire leerte ihr Glas: »Unsinn. Jetzt kriegst du erst mal unser Ururenkelkind. Du wirst sehen, der alte Trottel erlebt auch das noch. Gestern sagt er zu mir, er kann sich genau an den

Ersten Weltkrieg erinnern. Du bist 1914 geboren, sage ich darauf, was hast du denn gesehen vom Ersten Weltkrieg? Dann hat er den restlichen Tag lang nicht mehr mit mir geredet.«

2

»Und wie geht es an der Uni?«, fragte Carl. Eigentlich fragte er es nicht, sondern brüllte es in militärischem Ton. Marie wusste nicht, ob der Urgroßvater mit seinem Ton Autorität zeigen wollte. Eher zwang er wohl sich selbst, mitten im Satz die Konzentration nicht zu verlieren.

»Sie hat schon längst promoviert«, sagte Victoire. Dieses Gespräch fand seit Jahren bei jedem Besuch Maries mit ähnlichem Wortlaut statt.

»Sehr gut«, sagte Carl und rollte seine R. »Vier Generationen Akademiker«, fügte er hinzu, »darauf bin ich stolz. Ich hoffe, du fährst nicht mit dem Fahrrad zur Uni.«

Immer wenn Carl aß, verschwand Victoire in der Küche oder im Fernsehzimmer. Wahrscheinlich, dachte Marie, konnte sie es nicht ertragen, ihm beim Essen zuzusehen. Der Teller und der Bereich in einem Radius von einem halben Meter um den Teller und seinen Stuhl herum waren ein Schlachtfeld. Dennoch hörte Victoire zu, denn sie rief ihre Korrekturen und Hinweise in die Küche.

»Für mich ist das Fahrrad kein Fortbewegungsmittel, sondern ein Sportgerät«, sagte Carl. Sein Mund war verschmiert vom Saft des Paprikahuhns. Marie konnte es nicht mehr mit ansehen, stand auf, zog eines der Feuchtwischtücher aus der Box und begann Carls Mund, Kinn und Wangen zu wischen. Er ließ es widerstandslos geschehen. Sein Pullunder hatte Flecken. Marie wischte einige Male darüber.

Sie betrachtete den Küchenboden, auf dem die Hälfte der Spätzle gelandet war. Da lagen auch Reiskörner, wahrscheinlich vom Vortag, vielleicht aber waren sie auch Jahre oder Jahrzehnte alt. Als Carl fünfundsiebzig war, hat Victoire gehofft, dass er bald stirbt, dachte Marie. Das war vor einunddreißig Jahren gewesen; drei Jahre bevor sie zur Welt kam. »Heute gibt es einfach viel zu viele Autos, Urli«, sagte Marie. Victoire rief aus dem Zimmer: »Du kommst doch auch immer mit dem Auto.« Marie ärgerte sich nun fast ein wenig. »In Zeiten wie diesen fahre ich bestimmt nicht mit der Bahn«, antwortete sie. Als sie sich wieder zu ihrem Urgroßvater drehte, saß er reglos da.

Marie nahm die Teller vom Tisch und brachte sie zum Geschirrspüler. »Schon praktisch, so ein Geschirrspüler«, sagte Carl. Marie hatte gedacht, er sei eingeschlafen, aber der Urgroßvater schien die Geräusche gehört zu haben. »Die Iribauer, die Zugehfrau, stell dir vor«, sagte Carl, »die hat jetzt auch schon eine Waschmaschine. Ich habe gehört, dass alle Dienstboten jetzt Waschmaschinen in ihren Wohnungen haben.« Marie spülte das Geschirr von Hand vor und stellte es in den Geschirrspüler. Sie nahm auch die schmutzigsten Gabeln und Löffel aus der Lade und steckte sie in den Besteckkorb, während

Carl bei Erzählungen über einen Arbeitskollegen gelandet war, irgendwann in den Fünfzigerjahren. Marie startete den Geschirrspüler.

»Wir müssen das jetzt endlich regeln, dass Marie das Haus bekommt. Wir sind nicht mehr die Jüngsten«, sagte Carl nach einer Weile. Offensichtlich glaubte er, dass Victoire in der Küche stand und nicht Marie. Doch schon nach ein paar Sekunden rief Victoire aus dem Nebenzimmer: »Wir haben doch das Testament längst gemacht!« Carl bemerkte nicht, dass er nun mit zwei Victoires redete. »Ihr Bruder bekommt nichts. Ich bin nicht gut zu sprechen auf ihn!« Wieder rief Victoire aus dem Zimmer: »Er ist gerade im Jemen.«

Auch dieses Gespräch fand in ähnlicher Form bei jedem Besuch Maries statt. Marie ging aus der Küche, verließ das Haus und stellte sich vor die Tür, um eine Zigarette zu rauchen. Das Küchenfenster war offen, und sie konnte Carl weiterhin reden hören: »Ich halte nichts davon, verhungernden Abessinierkindern zu helfen. Wir können nicht alle retten. Ein Arzt sollte seine Arbeit machen.«

»Unterhalte dich mit Marie, solange sie da ist.«

»Gibt es keinen Nachtisch?«

»Die Iribauer kommt zurzeit nicht.«

»Warum denn?«

»Wegen Corona. Du willst nicht, dass sie ins Haus kommt.«

»Ich will nicht, dass sie ins Haus kommt?«

»Bist du wieder eingeschlafen?«

»So ein Unsinn! Ich habe nicht geschlafen. Ich möchte doch wach sein, wenn Marie kommt.«

3

Marie hatte nach dem Studium weiter für zwanzig Stunden im Copyshop gearbeitet. So konnte sie sich auch die alte Klapperkiste leisten, die sie brauchte, um ihre Großeltern zu besuchen.

Eines Nachmittags kam eine Frau in den Copyshop und ging direkt auf die Theke zu. In schlechtem Deutsch fragte sie, ob Marie etwas für sie kopieren könne. Marie glaubte, dass sie Türkin war. Dann ärgerte sie sich über sich selbst. Warum musste sie alle fremdländischen Menschen einer Nationalität zuordnen?

Freundlich erklärte Marie der Frau, dass das Kopieren billiger sei, wenn sie es selbst mache. Sollte ein Mitarbeiter das machen, sei das teurer. Marie erklärte die Kundenkarte und das Bonussystem, und schließlich ging die Frau mit der neu ausgestellten Karte und einem Guthaben von fünf Euro ratlos zu einem der Geräte.

Einige Minuten hantierte sie dort herum, bis Marie zu ihr ging, um ihr zu helfen. Sie hatte das Original unter die Abdeckung gelegt, fand sich aber nun auf dem Display nicht zurecht. »Schwarz-Weiß oder Farbe?«, fragte Marie. »Schwarze«, sagte die Frau, »schwarze.« Marie machte eine Kopie und zeigte auf den Auswurf. Die Frau nahm das Blatt, betrachtete es und nickte. Dann zeigte sie Marie fünf Finger. Marie stellte fünf weitere Kopien ein und drückte die Start-Taste. Dann ging sie wieder zur Theke.

Hinter der Theke warf sie einen kurzen Blick auf ihr Mobiltelefon. Meist rief Victoire um diese Zeit an. Doch an diesem Tag hatte sie sich noch nicht gemeldet. Marie sah die türkische Frau Kopie um Kopie betrachten. Dann steckte sie alle Kopien in ihre Tasche und ging.

Marie reagierte nicht rechtzeitig. Die Frau hatte das Original im Gerät vergessen. Marie ging zum Kopierer und nahm das Blatt von der Auflage. In etwas unsicherer Schrift stand darauf in großen Blockbuchstaben: DU STERBEN BALT!

Milli

1

Milli gefiel mir wirklich. Obwohl alle sagten, dass sie zu kurze Beine hat. Ich verstand schon, was damit eigentlich gemeint war. Mir gefiel sie trotzdem. Es gab nur ein Problem: Milli ging jeden Tag aus. Nichts konnte sie zu Hause halten. Und Milli war immer unter denen, die bis zum Schluss blieben. Der harte Kern. Oder der letzte Rest. Also blieb mir nichts anderes übrig, als auch bis zum Schluss sitzen zu bleiben. Schließlich landete Milli eines Morgens bei mir.

»Wir sind versumpft gestern«, sagte sie beim Aufstehen. »Warum sind wir nicht früher gegangen?«

Ich brachte ihr eine Schmerztablette ans Bett. Sie blieb für zwei weitere Nächte, und ich dachte: Jetzt habe ich es geschafft. Abends gingen wir in ein Lokal, aber nur auf zwei Bier. Dann machten wir bei mir zu Hause weiter. Es waren drei schöne Tage.

Es wurde Montag, Milli musste wieder in die Uni und ich eigentlich auch. Am Montagabend waren wir verabredet. Ich dachte, wir würden gemeinsam essen, zwei, drei Bier trinken und dann zu mir gehen oder vielleicht einmal zu ihr. Noch kein einziges Mal war ich in Millis Wohnung gewesen. Ich wartete in einem Café auf sie, bestellte Mineralwasser und versuchte, den Moment nicht zu verpassen, wenn sich die Tür öffnete und Milli hereinkam.

Milli kam eineinhalb Stunden verspätet. Und sie kam nicht allein. Den Mann, den sie mitbrachte, stellte sie mir als ihren Ex-Mann vor. Er hieß Gerd. Oder Manfred. Wie selbstverständlich setzte er sich zu uns. Sie habe mit achtzehn Jahren einen Fehler gemacht und geheiratet, sagte Milli. Aber Manfred habe ihr verziehen und sie gehen lassen. Ganz so sei das nicht gewesen, sagte Manfred oder Gerd, und immerhin trage Milli noch seinen Nachnamen, nämlich Haberleitner.

»Na, jedenfalls verstehen wir uns immer noch bestens«, sagte Manfred und hielt dabei Milli mit dem rechten Arm etwa eine halbe Minute umklammert.

»Bestens«, wiederholte Milli.

Es wurde Bier bestellt. Als ich einen Lokalwechsel vorschlug, stimmte Milli zu. Doch Manfred kam auch ins zweite Lokal mit. Dort besoff er sich. Er bestellte zu jedem Bier eine Runde Schnaps. Aber Milli hasste Schnaps, und ich trank meinen auch nicht. Also leerte Gerd alle Gläser und bestellte wieder eine Runde Schnaps.

Es war kurz nach Mitternacht, als Milli Gerd in ein Taxi lud. Sie hatte Streit mit dem Fahrer. Ich sah, wie sie ihm einen Geldschein gab, zur Beruhigung oder vielleicht für die möglicherweise bevorstehende Reinigung seines Wagens. Ich war erleichtert, als das Taxi endlich losfuhr.

Milli kam mit zu mir. Es wurde doch noch eine schöne Nacht, obwohl wir schon einen sitzen hatten. Milli machte das Licht aus und zog sich erst dann aus. Sie wollte das so. Am Morgen kamen wir nicht so recht in die Gänge und blieben im Bett.

»Bitte komm das nächste Mal allein, wenn wir verabredet sind«, sagte ich.

»Du meinst wegen Manfred?«, sagte Milli und lachte. »Er ist mir über den Weg gelaufen. Der tut nichts. Ich konnte ihn doch nicht einfach fortschicken!«

»Ich möchte ihn bei unseren Rendezvous nicht dabeihaben«, sagte ich.

Milli schüttelte den Kopf: »Mein Gott, bist du spießig. Wie Sabrina!«

»Wer ist Sabrina?«

»Meine Schwester.«

»Was sagt sie denn?«

»Dass es krank ist, dass ich Manfred noch treffe.«

»Da hat sie recht.«

Nach einer langen Pause lachte Milli wieder laut auf. Diesmal zitierte sie mich: »Bei unseren Rendezvous! Oh Gott, ein Kavalier alter Schule, oder was?«

Damit war die Sache erledigt. Wir hatten wieder ein paar gute Tage. Hin und wieder nannte mich Milli für diese oder jene Aussage einen Spießer, manchmal einen Moralapostel. Ich reagierte nicht auf ihre Provokationen, musste dann aber immer gleich an Gerd oder Manfred denken. Das störte mich. Ich wollte mich nicht eine Sekunde an diesen Typen erinnern. Haberleitner – was für ein beschissener Name, dachte ich.

In diesen Tagen wollte ich Milli überreden, im Sommer mit mir zwei Wochen an den Attersee zu fahren. Irgendwie hatte ich sie schon so weit. »Machen wir eben einen Spießer-Urlaub. Warum eigentlich nicht?«, sagte Milli. Ich hatte die Bahnkarten schon gekauft. Drei Tage vorher trafen wir uns wie fast jeden Tag im Alt Wien. Ich saß dort schon und wartete. Milli kam angeheitert und nicht allein. Sie stellte mir den Typen vor. Ich vergaß seinen Namen im selben Moment, in dem sie ihn aussprach. Sie redeten beide gleichzeitig wie ein altes Ehepaar. Sie wollten erzählen, woher sie einander kannten, und dass sie einmal kurz eine Affäre miteinander gehabt hatten. Das sei aber vor sehr langer Zeit gewesen und nun seien sie einfach Freunde. Beide lachten dabei.

Dann erzählte Milli sehr zum Amüsement ihres Ex-Liebhabers, dass sie in der Nacht davor in der Wohngemeinschaft nicht schlafen konnte, weil ihre Zimmernachbarin zuerst drei Stunden lang laut mit ihrem Freund gestritten und danach so laut mit ihm geschlafen habe, dass Milli kein Auge zumachen konnte. Jetzt wusste ich also, warum Milli nie vorschlug, zu ihr zu gehen: Sie wohnte in einer WG.

Das machte mich noch wütender. Ich stand auf und ging in Richtung Toilette. Dann aber bog ich nicht rechtzeitig ab, sondern verließ das Lokal durch die Eingangstür. Ich ging weiter, ohne stehen zu bleiben. Ich ging, bis ich meine Wohnung erreicht hatte.

2

Sie werde mir nie verzeihen, dass ich einfach weggegangen und am Handy nicht mehr erreichbar gewesen sei, sagte Milli am nächsten Tag am Telefon. Ich hätte sie vor diesem Kerl – sie sagte seinen Namen, aber ich vergaß ihn gleich wieder – blamiert. Sie habe unter diesen Umständen keine Lust, mit mir an den Attersee zu fahren.

Am Tag der Abreise machte ich auf dem Bahnhof den letzten Versuch, Milli umzustimmen. Ich rief zweimal an. Keine Chance.

Noch im Zug dachte ich daran, Milli einen Brief zu schreiben. Die ganze Fahrt lang formulierte ich diesen Brief. Sie müsse verstehen, dass sie nicht ewig das Leben einer achtzehnjährigen Studentin führen könne. Sie sei eben neunundzwanzig und tägliches Ausgehen und mit ihren Ex-Liebhabern Herumhängen würde niemand an ihrer Seite auf Dauer aushalten. Ich schaffte es nicht, Stift und Notizblock aus meinem Rucksack zu nehmen und aufzuschreiben, was ich im Kopf formulierte. Milli würde mich ohnehin nur auslachen. Ein Moralist, der ihr erklärte, wie sie zu leben habe – das hätte ihr gerade noch gefehlt. So oder ähnlich würde sie es sagen.

Und wohin hätte ich den Brief geschickt? Bis zu diesem Tag kannte ich ihre Adresse nicht. Ich wusste zwar, dass sie im neunten Bezirk wohnte, aber sie hatte mir nicht einmal gesagt, in welcher Straße.

Während des ganzen Urlaubs hörte ich nichts von Milli – kein Anruf, keine SMS. Nach einer Woche, etwa zur Mitte meines Aufenthalts, saß ich in einem Gasthaus und bestellte ein Bier nach dem anderen. Eigentlich wollte ich gehen. Aber jedes Mal, wenn ich bezahlen wollte, bestellte ich noch ein Bier. Bald war ich betrunken. Und es ergab sich der Mut, Milli eine SMS zu schreiben. Sie lautete: »Liebe Milli, ich glaube, du hast recht. Deine

Schwester ist meine eigentliche Traumfrau. Wäre dankbar, wenn du mir ihre Nummer schicken könntest, vlg Alfons.«

Die Antwort kam binnen weniger Minuten: »Sabrina Kolar, 06761783875, keine Schnittblumen schenken!!!«

Zuerst verwunderte mich der Nachname, dann aber fiel mir wieder ein, dass Milli ja noch immer den Nachnamen ihres geschiedenen Ehemanns trug. Und wer wusste, ob sie wirklich geschieden waren. Inzwischen hätte es mich nicht gewundert, wenn das gar nicht stimmte.

3

Als ich vom Urlaub zurückkam, beschloss ich, das Nicht-Studieren endlich aufzugeben und arbeiten zu gehen. Vorher musste ich aber den Zivildienst ableisten. Ich rief beim Innenministerium an, um zu fragen, wann ich beginnen könne. Überraschenderweise wurde mir nicht nur angeboten, sofort im September anzufangen, sondern ich wurde auch gefragt, wo ich gerne arbeiten würde. Mir fiel keine Antwort ein, und ich sagte, ich wolle bei einem Rettungsdienst arbeiten.

Diese spontane Reaktion stellte sich bald als Fehler heraus. Ich wurde dem Roten Kreuz zugeteilt. Die dreiwöchige Grundausbildung war gerade noch erträglich. Unter der Bank las ich in diesen drei Wochen im Schulungsraum sämtliche Werke Kafkas. Die Brutalität des Regimes der Ausbildenden zeigte aber bald, dass der Heeresersatzdienst, wie der Zivildienst damals ja offiziell hieß, genauso militärisch war wie der Heeresdienst – wahrscheinlich schlimmer.

Als ich dann zu Rettungsdiensten eingeteilt wurde, unterstellte man mich einem Rettungsfahrer. Er hieß Odo und war fünfundvierzig Jahre alt. Die ersten zwei, drei Wochen konnte er mich nicht leiden. Dann aber entwickelte er eine gewisse Anhänglichkeit mir gegenüber. Nach der Arbeit musste ich mit ihm trinken gehen und mir seine Geschichte anhören. Er war geschieden und durfte seine beiden Kinder nur einen Abend die Woche und jedes zweite Wochenende sehen.

Ganz wunderte es mich nicht, dass es seine Frau mit ihm nicht ausgehalten hatte, denn er wurde, wenn er besoffen war, entweder aggressiv oder weinerlich und erzählte, wie die ganze Welt sich gegen ihn verschworen hatte. Ich musste diese Abende aber bis zum bitteren Ende durchhalten, weil mir Odo dafür unangenehme Arbeitseinteilungen so gut es ging vom Leib hielt. Er versuchte, mich für Krankentransporte und harmlose Fahrten einzuteilen.

Bald musste ich mit ihm nach Hause gehen, in eine finstere, verwahrloste Gemeindewohnung, wo nicht nur getrunken, sondern auch gekifft und einmal auch ein Wochenende lang gekokst wurde. Im Vorzimmer stapelten sich Pizzakartons, in denen sich wohl noch viele Reste von Thunfischpizzen befanden – zumindest roch es danach.

Ich spürte vom Kokain – es war das erste Mal in meinem Leben, dass ich das Zeug nahm – nicht viel. Ich glaubte nur, dass meine Nase taub und ganz rot wäre, und musste mich alle fünf Minuten vor den Spiegel stellen und sie betrachten. Und wir tranken wesentlich mehr Alkohol als sonst. Der zweite Abend ging unschön zu Ende. Odo hatte mir nicht nur zum wiederholten Mal seine Ehegeschichte erzählt. Er packte auch Geschichten über die Rettungsfahrerei aus. Die schlimmste davon war, dass er einmal gemeinsam mit der Polizei zwei Kinder aus einem Verschlag in einem Keller befreit hatte. Die Kinder wären so abgemagert und fahl gewesen, wie man es nur aus den Filmen der Befreiung von Konzentrationslagern kenne, sagte Odo – und die wären ja zum Glück nur schwarz-weiß. Als die Kleinen das erste Mal ans Sonnenlicht traten, staunten sie – nie zuvor hatten sie die Sonne gesehen.

Odo trank noch mehr und schlug nach Mitternacht mit der Faust eine Glasscheibe in der Tür zwischen Vorzimmer und Wohnzimmer ein. Dabei erlitt er ziemlich tiefe Schnittwunden am Oberarm. Alles war voller Blut. Ich überlegte schon, ob ich die Rettung rufen sollte, aber irgendwie waren wir ja selbst die Rettung.

4

An manchen Abenden und Wochenenden musste ich Odo absagen; sonst hätte ich die zwölf Monate nicht durchgestanden. Manchmal war er deswegen beleidigt. Auch schonte er mich nicht mehr so wie vorher. Ich wollte jedenfalls keine Kellerkinder befreien müssen. Aber wer kann sich das aussuchen?

Eines Tages mussten wir am Nachmittag nach einem Notruf aufbrechen. Odo fluchte noch, dass nur wir beide in der Zentrale waren. Aber es war wenig Zeit. Wir fuhren mit Blaulicht zur Straßenbahnhaltestelle an der Kreuzung der Döblinger Hauptstraße mit der Glatzgasse und der Billrothstraße. An der Straßenbahnhaltestelle in Richtung stadtauswärts war eine junge Frau in den Kuppelbereich einer alten Straßenbahngarnitur, also zwischen Triebwagen und Anhänger, geraten. Der Fahrer hatte das beim Anfahren offensichtlich nicht bemerkt und sie etwa dreißig Meter mitgeschleift.

Alles, was ich darüber weiß, habe ich erst später erfahren. Anfängliche Vermutungen, sie sei von der Haltestelle gestoßen worden, stimmten nicht. Etliche Augenzeugen berichteten der Polizei glaubhaft dasselbe, nämlich dass die junge Frau kollabiert war – unglücklicherweise gerade, als eine Straßenbahn an der Haltestelle stand, und unglücklicherweise genau an der Stelle zwischen Triebwagen und Anhänger.

Ich kann mich nicht mehr daran erinnern, was am Unfallort geschah. Ich weiß noch, dass dort schon ein Notarzt bei der Verunglückten war. Odo rannte zu ihm und stieß mich immer wieder weg. Er brüllte: »Schau nicht hin!«

Dann saßen wir im Rettungswagen, und der Notarzt und Odo machten Reanimationsversuche. Der Notarzt sagte noch: »Hören Sie auf, Sie sehen doch, dass es sinnlos ist.«

Danach redete eine Zeit lang niemand. Wir waren bald an der Auffahrtsrampe des Allgemeinen Krankenhauses, und der Rettungswagen blieb stehen. Nur an eines kann ich mich noch genau erinnern, dass Odo nämlich zu mir sagte: »Wenn wir sie jetzt da reinschieben, tun wir so, als würden wir noch reanimieren. Sonst haben wir den ganzen Papierkram und müssen den Rettungswagen komplett reinigen lassen.« Ich weiß nicht einmal mehr, ob sie uns dieses Schauspiel überhaupt abgenommen haben.

Am selben Tag oder am nächsten Tag bekam ich den Polizeibericht und irgendwelche Papiere, die ich ins Krankenhaus bringen sollte. Darauf sah ich das erste Mal den Namen der Toten: Sabrina Kolar, der Name von Millis Schwester.

5

Nachdem ich den Zivildienst abgeleistet hatte, wie es offiziell hieß, habe ich Odo noch einmal getroffen. Natürlich nahmen wir uns vor, uns weiter jede Woche zu treffen. Doch als er das Treffen in der zweiten Woche absagte, war ich erleichtert. Ich meldete mich nicht mehr wegen eines weiteren Treffens, und er rief auch nicht mehr an. Bestimmt hatte er jetzt einen neuen Zivi. Immer wieder aber suchte ich in den Kontakten auf meinem Telefon nach Millis Nummer. Einmal wollte ich sie sogar löschen. Dann wieder wollte ich die Nummer auswendig lernen und sie dann erst löschen.

Einige Wochen später habe ich Milli doch angerufen. Sie war sofort dafür, dass wir uns trafen. Ich saß schon lange in der vereinbarten Bar. Am Tisch neben mir zwei unablässig tratschende Frauen mit falschen Fingernägeln. »Also, ich habe mir diese Creme dann auch gekauft, nachdem alle gesagt haben, dass sie so gut ist«, sagte die eine. »Sündhaft teuer war sie. Und am zweiten Tag ist die Pumpe abgebrochen. Am zweiten Tag, ich schwöre dir. Die ganze Sauce habe ich in der Handtasche gehabt.«

Ich versuchte, nicht hinzuhören. Ich wollte mich auf Milli konzentrieren. Wie sie durch die Tür kam, auf mich zukam. Gleich zur Begrüßung wollte ich aufstehen und sie küssen.

»Wir waren bei der Hauseinweihung von der Soundso«, sagte die andere. »Wir standen da im Garten. Auf einmal hielt sie eine Rede. Sie sagte: ›Wir heiraten.‹ Und wir: ›Urcool, wann denn?‹ Und sie sagte: ›Jetzt!‹ Sie sind ins Haus gegangen und haben sich umgezogen. Wir sind in den Badeschlappen dagestanden. Da ist schon der Standesbeamte gekommen.«

Ich werde Milli heiraten, dachte ich. Unter der Voraussetzung, dass sie meinen Namen annimmt. Haberleitner – das passte wirklich nicht zu ihr. Ich würde aber mit meinem Heiratsantrag noch einige Wochen warten, denn zuerst musste ich sie ja trösten. Sie kam an diesem Abend mit nur sehr wenig Verspätung. Sie sah so aus wie immer, eigentlich besser, frischer, als hätte sie am Attersee Urlaub gemacht.

Wir setzten uns, und schon war alles so, als hätten wir uns erst am Vorabend getrennt. Milli redete und redete. Mit ihr abzustürzen war an diesem Tag bestimmt kein Problem. Eigentlich aber erwartete ich, dass sie endlich über Sabrina sprechen würde. Aber da kam nichts. Ich kann gar nicht sagen, was Milli alles erzählte, denn je länger sie so vor sich hin redete, desto mehr zweifelte ich. Gab es vielleicht mehrere Frauen mit dem Namen Sabrina Kolar in Wien? War die Tote gar nicht Millis Schwester gewesen?

Milli bestellte ein zweites Bier. Sie lachte darüber, dass ich alkoholfreies Bier trank. »Wie viele von denen schaffst du an einem Abend?«, fragte sie. Und dann sagte sie: »Ich würde davon Läuse im Magen kriegen.«

So saßen wir etwa eine Stunde. Ich wollte von Odo erzählen, und dass ich mir vorgenommen hatte, nach dem Zivildienst ein Jahr keinen Alkohol zu trinken. Aber das hätte Milli nur gelangweilt. Sie blickte auf die große Uhr über der Bar und sagte: »Du, ich habe da in zehn Minuten etwas mit so einem Typen ausgemacht. Der wird nicht lange bleiben. Bitte, komm mit. Ich sage einfach, dass du mein Ex-Freund bist, dass wir uns aber immer noch bestens verstehen. O.k.?«

Lisa 7

1

Schon den zweiten Sommer saß Andrea jeden Abend allein auf der Terrasse. Manchmal mit einem Bier, manchmal mit Prosecco. Aber meistens mit Prosecco. Dem Zusteller vom Lieferservice gab sie jedes Mal zwei Euro. Andrea hatte die Platinkarte. Damit war die Zustellung gratis. »Du lässt dir Prosecco in die Wohnung liefern?«, würde Kassandra sagen. Aber zum Glück war Kassandra nicht da.

Wenn der Zusteller weg war, öffnete Andrea die erste Flasche Prosecco und setzte sich auf die Terrasse. Eine Flasche ging immer. Manchmal öffnete sie eine zweite, trank sie aber nicht ganz aus. Sie betrachtete den großen Ahorn. Das Geschrei der spielenden Kinder auf dem Spielplatz und im Fußballkäfig hinter dem Haus störte sie nicht. Auch nicht, wenn sie den Ball hundertmal hintereinander so scharf wie möglich gegen das Gitter schossen. Andere Hausparteien beschwerten sich darüber, hatten sogar schon eine Hausversammlung einberufen und eine Petition an die Bezirksvorstehung formuliert. Andrea war das gleichgültig. Es ging sie nichts an. Sie genoss den Abend auf der Terrasse.

Wie gut, dass ihr Mann ihr geschiedener Mann war, dachte Andrea. Sie schrieben einander zum Geburtstag und zu Neujahr eine SMS. Das war's. Und wie gut, dass ihre Eltern tot waren. Andrea dachte, dass sie nicht normal war. Vielleicht sogar paranoid. Das letzte Mal, dass sie etwas mit einem Mann gehabt hatte, war vor drei Monaten gewesen. Wieland hatte eine Frau und zwei Kinder. In der Arbeit war Wieland für sie wie für alle anderen Dr. Seefranz. Nur bei ihren Treffen war Wieland Wieland. Alles war genau abgesprochen: Man traf sich in Hotels, Mobiltelefone ausgeschaltet. Danach ging man wieder auseinander und sprach nicht mehr darüber. Keine Forderungen, keine Verpflichtungen, aber auch keine Befangenheit.

Andrea hatte die Wohnung vor zwei Jahren gekauft. Und sie hatte sie nur für sich gekauft. Außer einigen Handwerkern, einem Mann von den Stadtwerken, der den Gaszähler ablas, und den Zustellern vom Lieferservice hatte noch niemand diese Wohnung betreten. Auf der Terrasse saß sie immer allein. Im zweiten Sommer in der Wohnung sah sie eines Abends aus den Augenwinkeln einen schwarzen Fleck. Der schwarze Fleck bewegte sich. Es war ein lautloses Vorbeihuschen. Aber da war etwas.

2

Am nächsten Tag trank Andrea die halb ausgetrunkene Proseccoflasche vom Vortag aus. Die hatte den ganzen Tag lang offen im Kühlschrank gestanden. Andrea wandte den Löffeltrick an. »Du steckst einen Löffel in die Proseccoflasche?«, würde Kassandra sagen. Andrea fand, dass der am Vortag geöffnete Prosecco gut war. Sie wollte einfach allein sein und trinken. Sie schaltete das Mobiltelefon aus. Sie wollte niemanden sehen.

Manchmal fragte sie sich, ob sie vielleicht an einer besonders schweren Form von Misanthropie litt. In jedem Fall litt sie an starker Misogynie, denn die Frauen aus dem Team, das sie leitete, mochte sie alle nicht. Sie waren unselbstständig, aufdringlich und kamen ihr körperlich zu nahe.

Da war Franziska, die für Andrea früher Frau Seifert gewesen war. Seit die beiden aber per Du waren, erzählte Franziska Andrea ständig Dinge aus ihrem Privatleben. Intime Dinge. Details aus ihrem Sexualleben. Tendenz steigend. Dazu kamen minutiöse Schilderungen der hygienischen Zustände in der Wohnung ihrer inkontinenten Mutter. Und während Franziska sprach, stieß sie Andrea regelmäßig mit dem Handrücken in die Seite oder berührte ihren Unterarm. Was heißt *berührte*? Sie tätschelte ihn.

Dann war da Nora, die abends das Büro immer zusammen mit Andrea verlassen wollte, und, wenn es so weit kam, bis zur U-Bahn neben Andrea herging. Jeden Tag tat sie abends so, als habe sie noch zu tun, nur um aufzuspringen, wenn Andrea ihren Computer ausmachte, die Handtasche nahm und das Büro verließ. Unlängst, als Nora auf dem Weg zur U-Bahn über ihren vergangenen Urlaub sprach, schlug sie vor, Andrea solle in diesem Jahr mit ihr in den Urlaub fahren. Man könne über so vieles reden, Spaß haben und müsse ja um Gottes willen nicht den ganzen Tag gemeinsam verbringen. Nora schien nicht zu bedenken, dass Andrea ihre Vorgesetzte war. Oder sie bedachte es eben genau.

Und dann war da noch Kassandra, die barfuß durch das Bürogebäude ging – auch im Winter – und immer Fragen stellte. »Stelle ich wirklich immer Fragen?«, würde Kassandra sagen. Dabei näherte sie sich Andrea, bis ihre Köpfe einander fast berührten. Ihr Lieblingsthema: Flüchtlinge. Die Flüchtlinge im Land, die Flüchtlinge im Mittelmeer, die Flüchtlinge in den Flüchtlingslagern. »Meinst du auch, dass wir unser Land unattraktiver machen müssen, damit weniger Flüchtlinge zu uns kommen?«, fragte Kassandra. Meist verstand Andrea wenig von dem, was Kassandra murmelte, denn Kassandra hatte die Angewohnheit, Karotten oder Reiswaffeln zu kauen. Erst vor zwei Wochen hatte Andrea zu ihr gesagt: »Kassandra, sprich mit mir, wenn du mit dem Essen fertig bist. Dann verstehe ich dich vielleicht.« Daraufhin war Kassandra beleidigt. Das war gut so, fand Andrea, denn dieser Zustand hielt mindestens zwei Wochen an.

Alle diese Frauen waren einsam. Aber konnten sie nicht still leiden? Mussten sie ihr Unbehagen zur Schau stellen und damit zur Unwürde machen? Andrea hatte sogar den Abteilungsleiter Dr. Seefranz gefragt, ob er Kassandra nicht in den Außendienst versetzen könne. Er sagte, er wolle es sich überlegen. Dann aber wurde Dr. Seefranz krank, und die Sache wurde nicht weiter besprochen.

Als der Prosecco vom Vortag aus war, öffnete Andrea eine neue Flasche. Als Entschädigung. Als Entschädigung dafür, dass sie an diesem Tag mit Nora Mittag essen gewesen und wieder einmal gefragt worden war, ob sie sich einen gemeinsamen Urlaub vorstellen könne. Dafür, dass sie Franziska und Kassandra einen weiteren Tag ertragen hatte. Dazu gab es ein thailändisches Reisgericht, das der Lieferservice gebracht hatte. Andrea saß auf der Terrasse, aß und trank. Da waren nur der Ahorn und sie. Elegant bewegten sich die Blätter und Äste des Baums im Wind und erzählten Andrea keine Geschichten und aßen keine Reiswaffeln und keine Karotten und stellten ihr keine Fragen und tätschelten ihr nicht den Unterarm.

Die neue Flasche Prosecco schmeckte besser. Andrea goss sich ein zweites Glas ein. Da sah sie in den Augenwinkeln wieder diese Bewegung. Diesen schwarzen Fleck. Dieses Vorbeihuschen. Es musste ein Tier sein. Eine Ratte oder eine Maus. Immerhin war das Tier scheu. Es schien seine Scheu aber schnell zu verlieren, denn als Andrea wieder aufblickte, sah sie, wie eine Maus nur zwei Meter von ihr entfernt die Reiskörner fraß, die zu Boden gefallen sein mussten, als sie essend die zweite Proseccoflasche holen gegangen war. Die Maus war klein und harmlos und niedlich. Aber musste sie ausgerechnet auf Andreas Terrasse klein und harmlos und niedlich sein? Andrea stand auf. Sie dachte daran, die Maus zu verscheuchen und die Reiskörner mit dem Staubsauger zu entfernen. So wie das Land unattraktiver gemacht werden musste, damit weniger Flüchtlinge kamen, so musste Andrea ihre Terrasse unattraktiver machen. Die Maus floh. Aber sie floh durch die offene Terrassentür in Andreas Wohnung.

Nachdem Andrea die Maus trotz zweistündiger Suche nicht gefunden hatte, ging sie zu Bett.

3

Andrea lag lange wach. Hin und wieder hörte sie ein Geräusch. Inzwischen konnte sie aber nicht mehr unterscheiden, ob sie etwas gehört hatte oder sich nur einbildete, dass die Maus unter ihrem Bett hin und her rannte. Dennoch musste sie irgendwann eingeschlafen sein, denn sie erwachte aus einem Traum, in dem Wieland, also Dr. Seefranz, zu ihr sagte: »Wir brauchen jetzt dringend mehr Platz für die Mäuse. Es kommen ständig welche nach.«

Als Andrea aufwachte, hörte sie die Maus, diesmal wirklich. Sie stand auf, öffnete die Schlafzimmertür und die Terrassentür. Als sie das CD-Regal in der Zimmerecke ein wenig von der Wand entfernte, sah sie die Maus. Es gelang Andrea sogar, sie aus dem Zimmer zu scheuchen. Vor der Tür aber bog die Maus nicht links ab, um hinaus auf die Terrasse zu laufen, sondern rechts in Richtung Küche. Andrea schloss die Schlafzimmertür und ging ins Bett. Immerhin konnte sie noch zwei Stunden in einem mauslosen Schlafzimmer schlafen.

Morgens war Andrea müde. Das Schlafzimmer sah schrecklich aus. Sie hatte alle Möbel verschoben und dort, wo sie gestanden hatten, lagen Lurch und dicke Staubschichten. Andrea sollte eine Putzfrau engagieren. Aber sie wollte nicht, dass jemand ihr Wohnzimmer und ihr Schlafzimmer betrat. Wenn überhaupt, dann ein Putzmann. Warum gab es eigentlich keine Putzmänner? Andrea hätte einem Putzmann eine echte Chance gegeben.

Sie verließ das Schlafzimmer und schloss die Tür. Sie

wusste nun, dass die Maus irgendwo in der Wohnung, aber definitiv nicht im Schlafzimmer war. Als sie zur Arbeit ging, schloss sie die Tür ab. Zufällig verließ auch der Nachbar gerade die Wohnung. »Guten Morgen! Hast du auch Mäuse auf der Terrasse?«, fragte Andrea.

»Morgen! Was heißt auf der Terrasse? Fünf habe ich schon in der Wohnung gehabt«, sagte Wolfgang. Andrea hatte nichts gegen Wolfgang. Sie hatte nur etwas gegen seine Frau. Seine Frau bestellte andauernd irgendwelche Sachen im Internet und die Paketzusteller baten Andrea manchmal, die Sendungen zu übernehmen, weil Wolfgangs Frau kaum zu Hause war. Wolfgang musste dann die Pakete seiner Frau bei Andrea abholen. Aber Andreas Wohnung hatte er noch nie betreten.

Andrea erzählte Wolfgang, sie habe eine Maus in der Wohnung, und fragte ihn, wie er die Mäuse wieder hinausbekommen habe. »Ich habe Lebendfallen gekauft«, sagte Wolfgang, »warte, ich gebe dir welche!« Er sperrte seine Wohnungstür wieder auf.

Wolfgang kam mit den Fallen zurück. Nun sperrte Andrea ihre Wohnung nochmal auf. Wolfgang folgte ihr wie selbstverständlich ins Vorzimmer und erklärte, wie die Fallen aufzustellen seien, nämlich ganz an der Wand, wo die Mäuse entlangliefen. Und schon war er im Wohnzimmer und ließ sich zeigen, wo die Küche war. Wolfgang platzierte die erste Falle in der Küche. Andrea hätte sie mit Käse befüllt, aber Wolfgang verlangte Schokolade. Andrea schnitt sie mit einem Messer in kleine Stücke. Wolfgang bestückte noch zwei weitere Fallen damit und stellte sie im Wohnzimmer auf.

Andrea war zufrieden. Sie war zufrieden, Wolfgang begegnet zu sein. Dass er als erster Mensch ihr Wohnzimmer und sogar ihre Küche betreten hatte, war in diesem Fall in Ordnung. Es war den besonderen Umständen geschuldet, ein Kollateralschaden der Mauskrise. Und Wolfgang hatte sich gut benommen. Er hatte Abstand gehalten und nach erledigter Arbeit die Wohnung wieder verlassen. Es hatte kein scheinbar unabsichtliches Berühren, keine Zudringlichkeit gegeben. Manchmal hatte er einen Blick in Andreas Ausschnitt geworfen. Warum auch nicht? Er bekam etwas Schönes zu sehen. Nur immer auf Distanz bleiben und mich bewundern, so ist es richtig, dachte Andrea.

4

Als Andrea das Büro betrat und über den Korridor ging, begegnete sie Kassandra. Kassandra kaute an einem Stück Karotte. In der rechten Hand hielt sie eine Frischhaltebox mit geschälten und gestückelten Karotten. Ihre Schläfe bewegte sich im Rhythmus des Kauens. Kassandra kam Andrea beim Sprechen so nahe, dass Andrea den Geruch der Karotten wahrnahm. Was Kassandra sagte, konnte Andrea allerdings nicht ganz verstehen, sie verstand »Diese Kröte!« und »Sie hat es geschafft!« und »Verdammte Kröte!«.

Ein halbes Jahr zuvor, als der Abteilungsleiter Dr. Seefranz das Team um eine Stelle verkleinern wollte, hatte Andrea das mit letzter Kraft verhindern und Kassandra vor der Kündigung bewahren können. Aber zum Glück wusste Kassandra das nicht. »Für ein Jahr kann ich die Stelle retten«, hatte Dr. Seefranz gesagt, der bei der Arbeit – auch wenn die beiden unter vier Augen waren – konsequent beim Sie geblieben war. Aber jetzt war niemand mehr da, um Kassandra zu retten, dachte Andrea auf dem Korridor, nickte Kassandra zu und ging weiter.

Den Vormittag über war es seltsam still im Büro. Kurz vor Mittag kam Nora ins Zimmer. Lächelnd ging sie langsam zum Aktenschrank, suchte dort etwas Bestimmtes, nahm einen Ordner und wollte wieder gehen. Vor der Tür drehte sie um und kam auf Andreas Schreibtisch zu: »Ich schicke dir heute Nachmittag eine Besprechungseinladung für morgen. Heute habe ich leider keine Zeit.« Andrea verstand nicht.

Leider ging Andrea mit Franziska Mittag essen. Franziska redete in einem fort: »Es heißt, Dr. Seefranz ist für unbestimmte Zeit im Krankenstand. Nora soll die Abteilungsleitung übernehmen. Das wird sie dir morgen mitteilen.« Andrea schenkte solchen Gerüchten keinen Glauben. Diese dummen Weiber, dachte sie, glauben alles, was in den Raucherzimmern weitererzählt wird. »Du siehst müde aus, Andrea«, sagte Franziska, »du musst wieder mal in den Urlaub fahren. Also, mein Gerhard, der bringt's zu Hause nicht mehr so. Aber wenn wir im Urlaub sind in einem Hotelzimmer …«

Bevor Andrea am Abend das Büro verließ, blieb sie vor Noras Schreibtisch stehen: »Gehst du auch zur U-Bahn?« Nora lächelte: »Ich muss hier leider noch eine Menge fertig machen bis morgen.« Neben Noras Schreibtisch standen zwei Rollwagen, die bereits mit Ordnern und Kartons bepackt worden waren. Vielleicht stimmten die Gerüchte doch? Andrea wünschte Nora einen schönen Abend und ging.

Zu Hause stellte sie fest, dass die Schokolade aus den Mausefallen fehlte, aber keine Maus gefangen worden war. Andrea nahm einen Chopstick, den der Lieferservice zu irgendeinem asiatischen Essen gebracht hatte. Sie legte sich auf den Boden und betrachtete die Mausefalle. Die Falle schnappte zu, wenn die Maus auf die Klappe mit dem Köder trat und damit den Schließmechanismus auslöste. Andrea drückte mit dem Chopstick auf die Klappe. Die Falle schnappte zu. Sie funktionierte also. Allerdings hatte die Maus, die sich in ihrer Wohnung befand, offensichtlich den Kopf weit nach vorne gestreckt und den Köder aus der Falle gezogen, ohne auf die Klappe zu steigen. Was für ein kluges Tier.

Abends saß Andrea auf der Terrasse. Der Prosecco schmeckte nicht. Die Terrassentür war geschlossen, sie brauchte nicht noch eine Maus in der Wohnung. Aber es nervte Andrea, dass sie nun die Tür schließen musste. Gerade dass die Terrassentür offen war, hatte ihr so gut gefallen. Die geschlossene Terrassentür verdarb ihr den Abend. Dann läutete es noch dazu an der Tür. Andrea hatte gar nichts bestellt.

Wolfgang stand in der Eingangstür. »Ich habe dir noch drei Fallen gebracht«, sagte er. Andrea ließ ihn ins Vorzimmer und bedankte sich für die Fallen. Sie erzählte von ihrem Misserfolg. Wolfgang hörte geduldig zu. Schlank und groß war er. Schlank, groß, höflich und unaufdringlich. Er gefiel Andrea. Bestimmt brauchte es nur eine scheinbar zufällige Berührung. Oder ein dankendes Tätscheln seines Unterarms, wie Franziska es immer bei Andrea tat. Sollte sie ihm Prosecco anbieten? Nein.

Wolfgang riet Andrea, Erdnussbutter oder Kokosnusscreme als Köder zu verwenden, etwas Weiches jedenfalls, das die Maus nicht im Stück aus der Falle ziehen konnte. Andrea befolgte seinen Rat. Und sie fand Wolfgang hinreißend. Aber dann dachte sie daran, wie sie ein benutztes Kondom entsorgen und das Bett frisch überziehen müsste, nachdem er gegangen wäre. Vielleicht war es schwer, ihn wieder loszuwerden. Sie würde Erwartungen in ihm wecken. Er käme dann vielleicht täglich, erzählte seiner Frau davon, erwog sogar eine Trennung. »Wolfgang, ich habe jetzt noch eine Videokonferenz. Beruflich. Ich kann leider nicht …«, sagte Andrea. Er entschuldigte sich sofort und ging.

Andrea ging nicht mehr auf die Terrasse. Sie war zu faul, sich noch ein Glas Prosecco zu holen, und setzte sich vor den Fernsehapparat. Sie legte die Beine auf den Couchtisch. Fast wäre sie beim Film eingeschlafen. Sie hatte von der Handlung nichts verstanden. In diesem Moment tauchte im Winkel ihres linken Auges die Maus auf. Sie rannte zwischen einer Ecke des Bücherregals und dem Esstisch hin und her. Andrea wollte aufstehen und die Terrassentür öffnen, um der Maus die Chance zu geben, die Wohnung zu verlassen. Vielleicht hatte sie Heimweh.

Vor dem Schlafengehen befüllte Andrea alle sechs Fallen mit Erdnussbutter und stellte drei in der Küche und drei im Wohnzimmer auf. Als sie zu Bett ging, öffnete sie die Schlafzimmertür nur kurz, betrat das Zimmer und schloss die Tür schnell hinter sich.

5

Als Andrea aufstand, war sie müde, unausgeschlafen und schlechter Laune. Die Fallen waren alle leer, dafür fand sie kleine Kügelchen im Spülbecken, im Badezimmer und in der Küche. Mäusekot. Sie zog Latexhandschuhe an, wischte alles sauber und warf den Lappen sofort in den Müll. Sie nahm den Müll mit, als sie zur Arbeit ging. Im Müllraum wurde ihr übel. Kurz dachte sie, sie müsse sich übergeben.

Im Büro ging sie allen erfolgreich aus dem Weg. Sie hatte Noras Besprechungseinladung zwar schon am Vortag bekommen, aber nicht auf *Termin annehmen* geklickt. Das tat sie erst jetzt. Die Besprechung war für 10:00 Uhr anberaumt und sollte in Dr. Seefranz' Büro stattfinden. Andrea ging zu Franziska. »Ist Nora heute nicht da?«, fragte sie. Franziska sah sie ungläubig an: »Weißt du das nicht? Sie ist schon übergesiedelt. Ins Büro des Abteilungsleiters.« Woher sollte Andrea das wissen? Sie mischte sich nicht in Angelegenheiten ein, die sie nichts angingen.

Andrea musste nicht aufs WC, aber sie setzte sich auf die Toilette, um eine SMS zu schreiben: »Lieber Wieland, mache mir Sorgen. Sag mir nur kurz, wie es dir geht und wo du bist. lg Andrea!« Andrea hoffte, bald eine Antwort zu bekommen, war aber selbst überrascht, als der

Signalton eine halbe Minute später ertönte. Wieland hatte geantwortet: »Bin auf der Onkologie im Allgemeinen Krankenhaus. Bitte besuche mich nicht und ruf nicht an. Behalte mich so in Erinnerung, wie ich war.« Andrea löschte die SMS sofort. Dann aber kam noch eine zweite: »Mit Nora musst du leider zurechtkommen. Ich wollte es verhindern. Sie hat es leider geschafft. Tut mir leid! lg Wieland.«

Absichtlich kam Andrea zehn Minuten zu spät zur Besprechung mit Nora. Die Besprechung dauerte nicht lange. Nora brachte während der ganzen Zeit dieses Grinsen nicht aus ihrem Gesicht. »Es hat sich ja vielleicht schon herumgesprochen«, sagte Nora, »dass ich jetzt einmal die Abteilung führen werde.« Andrea wurde von einer fürchterlichen Müdigkeit befallen. Es fiel ihr schwer, die Augen offen zu halten. Sie konnte das Gähnen nicht unterdrücken. Sie fragte sich, warum sie Lebendfallen verwendete. *Lebendfalle, tierfreundlich und umweltbewusst* stand im Webshop unter den Fallen, die Wolfgang ihr gebracht hatte. Was sprach gegen die Fallen, die man früher in ihrem Elternhaus verwendet hatte, die die Maus sofort töteten?

»Also, die Sache mit der Auslagerung des Teams hat Wieland hier anscheinend schon seit zwei Jahren liegen«, sagte Nora. »Ich weiß nicht, warum er nichts weitergebracht hat. Vermutlich war er durch die Krankheit schon sehr … sehr geschwächt.« Andrea blickte Nora starr in die Augen. »Ich hoffe, du weißt, dass die Idee nicht von mir ist«, sagte Nora. »Ich … Ich bin gezwungen, das zu machen.«

Andrea unterbrach Nora barsch: »Ich habe es Wieland … ich meine Dr. Seefranz … Ich habe es ihm schon gesagt: Wenn mein Team aufgelöst wird, gehe auch ich. Ich lasse mich nicht erpressen. Ich finde sofort einen anderen Job. Hatte ich auch vorher. Für mich kein Problem.«

Nora hatte einen Kugelschreiber in der Hand, hielt ihn über dem Schreibtisch hoch und ließ ihn fallen. Dann lehnte sie sich in ihren Bürostuhl zurück: »Andrea, lass uns reden. Es ist für uns alle schwer.«

Andrea stand auf: »Für uns alle? Wen meinst du damit? Ich rede nur von mir. Ich leite das Team. Wenn es das Team nicht mehr gibt, gibt es auch keine Leitung mehr. Darüber brauche ich nicht zu reden. Und jetzt muss ich gehen und mich um meine Mäuse kümmern.« Sie verließ das Büro.

6

Am nächsten Morgen stand Andrea auf und kontrollierte die Fallen in der Küche. In einer davon befand sich eine Maus. Sie rannte auf und ab. Das Plastik klapperte.

Andrea stellte die Falle auf den Tisch und betrachtete die Maus. Sie gab ihr den Namen Lisa. Andrea nahm eine Tragetasche, in der der Lieferdienst Essen gebracht hatte. Vorsichtig hob sie die Falle hoch und stellte sie in die Tragetasche. Dann ging sie aus dem Haus und zum Eingang des nahe gelegenen Parks, um die Maus freizulassen. Sie blickte nach links und rechts, ob sie auch nicht beobachtet wurde, denn irgendwie kam sie sich seltsam vor. Aber niemand beobachtete sie.

Andrea nahm die Falle aus der Tragetasche. Sie stellte sie auf den Boden. Nun musste sie die Klappe nach unten drücken, damit Lisa herauskonnte. Glücklicherweise befanden sich noch Chopsticks in der Tragetasche. Andrea brach sie auseinander und drückte die Klappe mit einem Chopstick nach unten. Lisa verstand nicht sofort. Andrea machte einen Schritt zurück. Erst nach einiger Zeit rannte Lisa aus der Falle, machte einen dreißig Zentimeter hohen Satz und huschte davon. In dieser Geschwindigkeit, dachte Andrea, ist sie in einer halben Minute wieder auf meiner Terrasse.

Als Andrea das Haus betrat, traf sie Wolfgang. Sie erzählte ihm, dass sie gerade im Park die erste Maus freigelassen hatte. Er lachte und sagte, er gehe auch immer in den Park. Andrea fragte, wie er denn die Klappe öffne. »Einfach hochziehen«, sagte Wolfgang. Andrea holte die Falle aus der Tragetasche. Wolfgang zeigte Andrea, dass man die Rückwand einfach nach oben schieben konnte. Man brauchte keinen Chopstick dafür. So ein Mann ist doch zu etwas gut, dachte Andrea. Wolfgang erzählte, dass er der Hausverwaltung von der Mäuseplage berichtet habe.

»Als Kind war ich jeden Sommer auf einem Bauernhof«, sagte Wolfgang, »wo es einen Dachboden voller Strohballen gab. Zwischen den Strohballen warfen die Mäuse oft ihre Jungen. Wenn die Bauernkinder neugeborene Mäuse fanden, nahmen sie ihren Kopf zwischen Daumen und Zeigefinger, zerdrückten ihren Schädel und warfen die toten kleinen Mäuse auf den Misthaufen.«

Sie sprachen noch ein wenig, aber Andrea wollte gehen. Sie hatte sich für das Freilassen von Lisa nur eine Trainingsjacke angezogen, wollte aber, dass Wolfgang sie stets elegant gekleidet sah. Also verabschiedete sie sich.

Andrea betrat die Wohnung. Sie wollte die Fallen so auf der Terrasse aufstellen, wie Wolfgang ihr es gezeigt hatte. Sie dachte daran, wie die Kinder die Schädel von Babymäusen zerdrückten, ging aufs WC und erbrach sich.

7

Im Büro schien Nora Andrea aus dem Weg zu gehen. Wenn sie sie auf dem Korridor sah, rannte sie geschäftig in eine andere Richtung. Gut so, dachte Andrea. Auf die Arbeit konnte sie sich nicht konzentrieren. Sie beschloss, schon um 15:00 Uhr zu gehen. Sie wollte eine Bluse kaufen. Vier verschiedene Blusen probierte sie. Im Spiegel der Umkleidekabine betrachtete sie ihre Brüste und hob sie ein wenig an. Täuschte sie sich oder waren sie größer geworden? Keine der Blusen passte.

»Ich hätte da noch eine gelbe aus reiner Seide, die passt gut zu Ihnen«, sagte die Verkäuferin und legte ihre Hand auf Andreas Unterarm. Andrea floh aus dem Geschäft. Aufdringlich, dachte sie. Gelbe Seide, nein!

Nun galt es also, die Terrassentür abends immer zu schließen. Während Andrea in der Arbeit gewesen war, war keine Maus in die Falle gegangen. Nach dem ersten

Prosecco bekam Andrea enormen Appetit. Sie machte insgesamt fünf Sandwiches mit Käse und Mayonnaise. Sie trank zwei Flaschen Prosecco leer. Am nächsten Morgen stellte sie fest, dass sie auch noch eine Flasche Rotwein geöffnet und zur Hälfte getrunken hatte. Und vielleicht hatte sie auch eine SMS geschrieben. Sie erinnerte sich nur vage daran, checkte ihr Mobiltelefon und las ihre SMS an Wieland: »Kann ich dich besuchen kommen? Ich bleibe nur 2 Minuten. Ich verspreche es.« Antwort hatte sie keine erhalten.

Es war Freitagvormittag. Andrea meldete sich krank. Sie beschloss, die Terrasse aufzuräumen, zu saugen und alles, was essbar sein könnte, zu entfernen. Andrea betrat die Terrasse. Wieder war eine Maus in der Falle: Lisa 2. Andrea stellte die Falle in die Tragetasche und machte sich auf den Weg. Diesmal aber ging sie nicht in den Park, sondern spazierte weiter zum Donauufer. Es war noch frühmorgens, die Sonne stand über dem Fluss.

Andrea ging bis zur Anlegestelle der Passagierschiffe. Immer schon hatte sie mit einem solchen Schiff bis ans Schwarze Meer fahren wollen. Franziska hatte sie gewarnt, dass das Durchschnittsalter auf solchen Schiffsreisen weit über fünfundsiebzig lag. »Da wische ich lieber der Mama den Arsch aus«, hatte Franziska gesagt.

Von einem Schiff wurden gerade die Müllbehälter aus der Küche entladen. Die Essensreste kamen in einen eigenen Container, der in einem versperrbaren Gehege am Ufer stand. Zwei Müllarbeiter mit Masken schoben die Container. Es roch nach Fett und Essen. Andrea musste zweimal erbrechen. Dann ließ sie Lisa 2 frei.

8

Am Montag saß Andrea wieder in der Arbeit. Gegen 15:00 Uhr kam Kassandra in ihr Büro. Das war ungewöhnlich, denn Kassandra kam sonst nie zu Andrea, sondern sprach sie auf dem Korridor an, wenn sie sich unbeobachtet fühlte. Kassandra drückte die Tür fast lautlos zu und kam zum Schreibtisch geschlichen: »Ich bin zum Bereichsleiter gerufen worden.« Sie kaute etwas, den Knackgeräuschen nach zu schließen wahrscheinlich eine Karotte. Dann aber blieb sie stehen, schluckte und sagte laut und deutlich: »Ich wurde soeben gekündigt. Einfach rausgeworfen.«

Andrea versuchte, eine betroffene Miene aufzusetzen, als Franziskas Telefon läutete. Franziska hob ab, die Unterhaltung dauerte nur kurz. Dann blickte Franziska, den Hörer noch in der Hand, über den Schreibtisch zu Andrea und Kassandra und sagte: »Ich soll zum Bereichsleiter. Jetzt sofort. Was soll denn das?«

Nachdem Franziska das Büro verlassen hatte, tröstete Andrea die heulende Kassandra. Sie wusste, dass sie in Kürze von einem Anruf dabei unterbrochen werden würde. Du findest bestimmt keinen Job mehr, dachte Andrea, als sie die weinende Kassandra in den Armen hielt. Tu was für deine Flüchtlinge, das bringt zwar kein Geld, aber dafür gutes Karma für dein nächstes Leben als Karotte.

Wie gut, dass Andrea an diesem Tag eine weiße Bluse und ein elegantes Kostüm trug. Als ihr Telefon läutete, war sie gut vorbereitet. Mag. Hochegger, der Bereichsleiter, bat sie, in sein Büro zu kommen. »Wann würden Sie denn gerne die Besprechung mit mir abhalten?«, fragte Andrea scheinheilig. Sie fand es unmöglich, dass Vorgesetzte Meetings neuerdings sofort einberiefen. Eigentlich musste dafür achtundvierzig Stunden vor der Besprechung im Firmenkalender ein Termin mit einer offiziellen Einladung eingerichtet werden. Mag. Hochegger hatte diese Vorgehensweise selbst eingeführt. Es hätte ja auch sein können, dass sich Andrea gerade in einer Besprechung befand. »Jetzt sofort«, sagte Mag. Hochegger. »Gut«, sagte Andrea, »dann richte ich die Besprechungseinladung selbst ein.« Sie tat es, damit er eine automatisierte E-Mail bekam. Dann verließ sie ihr Büro.

Andrea ging nicht zum Lift, denn auf diesem Weg würde sie der zurückkommenden Franziska begegnen. Sie ging durch den Notausgang ins Treppenhaus und lief ein Stockwerk zu Fuß hoch. Dort klopfte sie an Hocheggers Tür. Sie trat ein. Er saß da und tat so, als sei er mit Schreiben beschäftigt.

»Liebe Frau Dr. Peck«, sagte Hochegger, »wir müssen uns leider von den beiden Kolleginnen in Ihrem Team trennen. Sie brauche ich aber.« Vermutlich erwartete Hochegger, dass Andrea nun begeistert oder erleichtert sein würde. Sie saß da, das rechte Bein über das linke geschlagen, und sagte nichts. »Wir werden in Ihrem Bereich in Zukunft mit einer Fremdfirma arbeiten. Das muss aber alles koordiniert und beaufsichtigt werden. Ich möchte, dass Sie das machen«, sagte Hochegger und blickte dabei zu Boden.

»Lieber Herr Hochegger«, sagte Andrea und schaute

kurz aus dem Fenster, dann aber in seine Augen, »ich habe Dr. Seefranz und auch Nora Billitsch schon gesagt, was ich auch Ihnen sage: Ich mache meine Arbeit hier mit meinem Team. Wenn man mein Team nicht mehr braucht, gehe auch ich. Ich wüsste gerne, was die Kritik an unserer Arbeit ist.« Absichtlich hatte Andrea ihn nicht mit seinem akademischen Titel angesprochen. Wieland und sie trugen einen Doktortitel. Er gehörte für sie zum Namen. Alle anderen Titel ließ sie weg. Hochegger hatte die Angewohnheit, den Hals schnell nach vorne zu bewegen, vermutlich um den Hemdkragen, der an seinem verschwitzten Hals klebte, davon zu lösen. Er machte diese Bewegung mehrere Male und sagte: »Kritik? Es gibt gar keine Kritik. Ich muss meinen Bereich schlanker machen. Das wissen Sie doch genau. Fünfundzwanzig Leute müssen weg. Es gibt eine Liste. Und Sie stehen nicht auf der Liste.« Andrea blickte ihm in die Augen: »Dann schreiben Sie mich jetzt auf die Liste!«

Wieder reckte Hochegger hektisch den Hals. »Sie wollen auf die Liste?«, fragte er. »Ja«, sagte Andrea. Er starrte Andrea an: »Wirklich?« Andrea blieb ruhig sitzen. Sie achtete darauf, keine unkontrollierten Körperbewegungen zu machen. Sie wollte keine nervösen Tics zeigen, sondern würdevoll und erhaben erscheinen: »Ja, das habe ich doch gerade gesagt.«

Am Abend bestellte Andrea den teuersten Prosecco, den es beim Weinversand gab. Sie wusste, dass sie mit Kassandra und Franziska telefonieren sollte, und hatte auch schon einige entgangene Anrufe von ihnen. Aber sie schaffte es einfach nicht zurückzurufen. Sie aß Malai

Kofta und Chicken Korma mit Reis und Tandoori Roti vom Inder. Der Prosecco schmeckte nicht. Er war viel zu sauer. Andrea streckte ihn mit einem Schuss Campari. Er schmeckte trotzdem nicht.

Am Morgen fand Andrea Lisa 3 in der Falle. Doch im Unterschied zu den ersten beiden Lisas bewegte sich die Maus kaum. Andrea erschrak, die Augen der Maus waren noch offen. Hatte sie die Maus am Abend übersehen? War die schon so lange in der Falle, dass sie langsam starb? Andrea stellte die Falle in die Tragetasche und ging zum Park.

Im Park stellte sie die Falle ins Gras und öffnete sie. Die Maus kam nicht heraus. Hoffentlich war Lisa 3 nicht tot. Andrea klopfte gegen die Falle. Sie kippte sie ein wenig. Nach einer Weile kroch Lisa 3 aus der Falle. Sie rannte aber nicht davon, sondern blieb nach ein paar Zentimetern stehen und drehte den Kopf ein wenig.

9

Als Andrea zwei Tage später im Personalbüro ihre Papiere abholte, wurde ihr mitgeteilt, sie müsse ab sofort nicht mehr ins Büro kommen. Die nächsten drei Monate sei sie noch angestellt und werde auch wie üblich ihr Gehalt bekommen, sie könne aber die Zeit zur Arbeitssuche nutzen. Der Tag hatte damit begonnen, dass sie Lisa 4 freigelassen hatte. Sie hatte versucht, mit der Maus zu reden, aber Mäuse schienen keine Kommunikationspartner für sie zu sein.

Sie ging noch einmal ins Büro, um ihre Sachen abzuholen. Kassandras Schreibtisch war bereits leer. Franziska aber saß noch im Büro. Da Andrea sich auf die Liste hatte schreiben lassen, hatte Hochegger nun eine Person zu viel zur Kündigung und bot Franziska die Stelle an. Allerdings wusste Franziska nicht, dass sie das dem Umstand zu verdanken hatte, dass sich Andrea auf die Liste hatte setzen lassen.

Andrea trat an ihren Schreibtisch. Auf der Tastatur ihres Computers lag die Todesanzeige von Dr. Wieland Seefranz. Neben der Tastatur stand eine Packung Mozartkugeln von Fürst in Salzburg. Als Andrea zur Packung griff, hüpfte Franziska aus ihrem Bürostuhl und kam zu ihr.

»Das sind Mozartkugeln, nicht die für Touristen, sondern die richtigen, von Fürst in Salzburg«, sagte Franziska. Andrea nahm einen Karton aus einem Büroschrank und befüllte ihn mit den Gegenständen, die in ihren Schreibtischschubladen und auf ihrem Schreibtisch lagen. Die Todesanzeige und die Mozartkugeln legte sie ebenfalls in den Karton.

»Also, mach's gut, Franziska«, sagte sie. Franziska lächelte und tätschelte Andreas Hand. »Gib acht auf dich! Und such dir einen Mann«, sagte Franziska, »das wird dir guttun!«

Andrea überlegte, ob sie Franziska zum Abschied eine Ohrfeige geben sollte, nicht die für Touristen, sondern eine richtige. Dann würde sie auch keine Anrufe und SMS mehr von ihr bekommen. Doch Andrea umarmte Franziska und wünschte ihr alles Gute. »Du lässt aber schon wieder von dir hören«, sagte Franziska. »Ja, sicher«, sagte Andrea und ging mit dem Karton aus dem Zimmer.

Sie ging über den Korridor. Im letzten Raum befand sich der Kopierer und daneben ein Container. Der war zwar eigentlich nur für Papier, doch das war Andrea in diesem Moment egal. Sie trat auf das Pedal, der Deckel ging hoch und Andrea warf den Karton in den Container. Sie hatte nun beide Hände frei und verließ das Büro.

Es war kurz vor Mittag. Andrea ging trotzdem nach Hause. War es zu früh für Prosecco? Sie holte die am Vortag angefangene Flasche aus dem Kühlschrank und setzte sich auf die Terrasse. Ihr war ein wenig übel und sie konnte sich nicht entschließen, das erste Glas zu füllen. Sie hörte das Klacken der Falle. Diesmal waren zwei Mäuse in die Falle gegangen. Lisa 5 und Lisa 6.

10

Die Ambulanz war voll. Zuerst musste Andrea ein Formular ausfüllen. Dann wurde sie in ein Zimmer gebeten. Ein Arzt saß an einem Computer, während Andrea ihm schilderte, was ihr fehlte. Sie musste eine halbe Stunde warten, dann wurde sie aufgerufen. Nach dem Erstgespräch wurde sie zur Blutabnahme geschickt, dann saß sie wieder im Warteraum. Dort wartete sie über drei Stunden. Sie überlegte, aufzustehen und einfach zu gehen.

Endlich wurde Andrea wieder aufgerufen. Diesmal kam sie zu einer Ärztin, einer strengen jungen Dame mit

Brille. »Setzen Sie sich bitte, Frau Dr. Peck«, sagte die Ärztin. Auf dem Schildchen stand *Dr. Zarić*.

»Frau Dr. Peck, mit Ihnen ist alles in bester Ordnung.«

»Wahrscheinlich ist es die Welt. Sie ist einfach zum Kotzen.«

»Frau Dr. Peck, ist Ihr Zyklus in letzter Zeit regelmäßig gewesen?«

»Frau Dr. Zarić ... Warum lachen Sie?«

»Entschuldigen Sie! Ich habe mich gerade gefreut, dass Sie meinen Namen richtig aussprechen. Die meisten Österreicher sagen Tsagrep statt Zagreb und Tsaritsch statt Zarić.«

»Ja, das ist auch zum Kotzen.«

Andrea lachte. Und die junge Frau Doktor lachte auch.

»Meistens«, sagte Andrea, »erklären sie einem dann, dass Zagreb eigentlich Agram heißt. Das ist eben ihr beschränktes Weltbild. Sie glauben, dass Gott am dritten Tag der Schöpfung den Kaiser Franz Joseph erschaffen hat.«

»Also, Ihre Blutung.«

»Na ja, ich dachte ... also, ich dachte, ich komme in die Wechseljahre.«

»Ihre Blutung ist also ausgeblieben.«

»Das würde ich so nicht sagen.«

»Frau Dr. Peck, Sie sind hierhergekommen, weil Ihnen oft übel ist und Sie erbrechen müssen. Ich will herausfinden warum. Damit ich das kann, müssen Sie aber meine Fragen beantworten.«

Die Kleine gefiel Andrea. Hätte sie nicht so eine Frau in ihrem Team haben können? Unaufdringlich, distanziert und würdevoll. Hätte sie nicht ein einziges Mal eine scharfsinnige Frau verdient in ihrem Leben? Stattdessen hatte man ihr im Büro stets aufdringliche, leidende, fachlich inkompetente Mitarbeiterinnen aufgezwungen. Jede von ihnen hatte Andrea verteidigt. Und als Dank dafür hatte man sie ihr nun weggenommen.

»Also, ich glaube, die Regel ist zweimal ausgeblieben.«

»Sie glauben …«

»Also … Sie ist ausgeblieben.«

»Und Sie haben sich nichts dabei gedacht?«

»Es war nur einmal im letzten halben Jahr, dass … und … wir … Wir haben verhütet.«

»Frau Dr. Peck, ich muss Ihnen nicht sagen, dass keine Verhütungsmethode zu hundert Prozent sicher ist. Muss ich?«

»Frau Dr. Zarić, ich bin dreiundvierzig. Ich werde im Dezember vierundvierzig. Es kann doch nicht sein …«

»Ich möchte mich nicht damit beschäftigen, was sein kann und was nicht, sondern herausfinden, was ist.«

»Kennen Sie das, Frau Doktor, wenn plötzlich alles schiefgeht?«

»Frau Dr. Peck, wenn Sie ein Gespräch benötigen …«

»Das ist alles viel komplizierter, wissen Sie. Es hat seltsamerweise mit einer Maus angefangen.«

Andrea war verliebt. Sie war verliebt in diese kleine Frau Doktor. Stundenlang hätte sie ihr zuhören können. Sie spürte dieses Kribbeln im Bauch. Das gab es nur, wenn man verliebt war.

»Ich schicke Sie jetzt zum Ultraschall. Dann kommen Sie wieder zu mir.«

11

Als Andrea von der Ambulanz nach Hause kam, fand sie Lisa 7. Sie hatte am Morgen, als sie das Haus verlassen hatte, die Fallen nicht kontrolliert. Die Maus bewegte sich nicht mehr. Andrea stellte die Falle auf den Tisch. Die Augen der Maus waren geschlossen.

Andrea holte den Mülleimer aus der Küche. Sie hob die Rückwand der Falle und ließ die tote Maus in den Müll fallen. Sie musste den Müllsack sofort hinunterbringen. Der Gedanke, dass die tote Maus im Müll unter der Spüle lag, war unerträglich. Sie nahm den Müllsack und das Altpapier und ging. Im Vorraum standen zwei Kartons Prosecco. Vor zwei Tagen erst hatte Andrea zwölf Flaschen bestellt. Wohin nun mit dem vielen Prosecco?

Als sie vom Müllraum zurückkam und an den Postfächern vorbeiging, kam Wolfgang gerade mit dem Fahrrad aus dem Hof.

»Na, so was. Du bist um diese Uhrzeit zu Hause?«, sagte Wolfgang.

»Homeoffice«, antwortete Andrea.

»Verstehe! Und wie viele Mäuse gefangen?«

»Sieben«, sagte Andrea. »Und du?«

»Ach, weißt du, irgendwann habe ich zu zählen aufgehört. Angeblich legen sie nächsten Dienstag Giftköder aus.«

»Machst du die Terrassentür immer zu?«

»Ja, aber wir sind nicht oft auf der Terrasse.«

»Ich schon.«

»Stört dich der Fußballkäfig nicht? Wenn sie schreien und den Ball gegen das Gitter knallen?«

»Mein Gott, das sind eben Kinder!«

12

Andrea saß ohne Prosecco auf der Terrasse. Sie hörte den Ball gegen den Fußballkäfig donnern, dazu die Stimmen zweier türkischer Kinder. Dann geschah etwas Seltsames. Der Ball flog hoch in die Luft und berührte einen Ast in der Baumkrone. Andrea wartete auf das Geräusch, wenn der Ball wieder auf dem Asphalt des Fußballkäfigs landete. Aber es gab kein Geräusch. Die beiden Kinder kamen und schauten. Der Ball war auf einer Astgabel liegen geblieben.

Zuerst blieben die Kinder still. Aber irgendwann waren sie verzweifelt und gingen andere, größere Kinder holen. Schließlich kamen zwei viel ältere Jungen, die ebenfalls einen Fußball hatten. Sie schossen ihren Ball nach oben und versuchten, damit den Ball aus der Baumkrone zu befreien. Immer mehr Kinder stellten sich zu ihnen, jeder wollte schießen. Das Reden und Schreien, wenn der Ball beinahe mit dem anderen Ball getroffen wurde, schwoll immer mehr an. Gerne hätte Andrea gerufen, sie sollten doch leiser sein. Aber es kam ihr albern vor.

Anderthalb Stunden dauerte es, bis es einem Jungen gelang, mit einem Schuss den Ball zu treffen. Andrea konnte den befreiten Ball nicht sehen, aber der Applaus und das Gejohle der Umstehenden waren eindeutig.

Benno

1

»Achtung, da ist ein Lastwagen!« Frau Gehlich zuckte zusammen, während ihr Mann mit den Fingern auf das Lenkrad trommelte. »Ich sehe ihn, ich sehe ihn«, antwortete er erst, als er den Lkw längst überholt hatte. Frau Gehlich wusste, dass sie ihrem Mann auf die Nerven ging. Doch während sie Adleraugen hatte und mit ihren siebenundsechzig Jahren noch keine Brille benötigte – auch nicht zum Lesen –, sah Gustav Gehlich sehr schlecht. Seine Frau wusste, dass er immer nur so tat, als würde er etwas sehen, hören oder verstehen können.

Das Auto roch nach dem Haarspray von Frau Gehlich, von dem sie viel zu viel aufgetragen hatte. Ihr Mann war das gewohnt. Doch normalerweise fuhren sie nur zehn Minuten in die Bezirkshauptstadt. Nach Wien brauchten sie aber anderthalb Stunden. Und inzwischen schien Herr Gehlich von der Chemiewolke schon ein wenig benebelt zu sein.

»So ein teures Lokal. Was denkt sie sich nur dabei? Hat sie so viel Geld? Erwartet sie, dass wir bezahlen?«, sagte Frau Gehlich. Sie sagte es nicht zum ersten Mal. Herr Gehlich wartete wieder lange mit seiner Antwort: »Sie ist COO. Da verdient sie Länge mal Breite.«

Als ihre Tochter Angela, die in der Familie Benno genannt wurde, ihren Eltern erzählt hatte, dass sie COO einer Bank geworden sei, musste Herr Gehlich zunächst googeln. Er stellte fest, dass seine Tochter wahrscheinlich für den Betrieb der Bank zuständig war.

Einerseits waren die Gehlichs stolz darauf, dass ihre jüngste Tochter, nachdem sie das Studium gegen den Willen der Eltern abgebrochen hatte, eine so steile Karriere gemacht hatte. Andererseits war ihnen Benno, seit sie das Elternhaus im Alter von achtzehn Jahren verlassen hatte, immer fremd geblieben. Während die beiden älteren Töchter Lydia und Sonja auf dem Land ganz in der Nähe des Elternhauses lebten und die Eltern regelmäßig besuchten, war Angela in Wien geblieben und besuchte die Eltern nur zu Weihnachten und zum Geburtstag des Vaters und der Mutter.

»Hast du genug Geld eingesteckt? Ich finde, wir sollten zahlen«, sagte Frau Gehlich.

»Erika, bitte! Sie hat gesagt, sie lädt uns ein«, antwortete Herr Gehlich, »bitte lass sie!«

»Mir ist das nicht recht«, sagte Erika Gehlich.

Herr Gehlich wechselte auf die Überholspur.

»Vielleicht will sie uns einen Mann vorstellen?«, sagte Frau Gehlich.

»Erika, bitte!«, sagte Herr Gehlich. »Denk an die Minkis.«

»Was haben die Minkis damit zu tun?«

»Kinder und Katzen tun nie das, was du willst«, sagte Herr Gehlich und trat abermals aufs Gas. Seine Frau, die seinen Fahrstil nicht goutierte, schnalzte mit der Zunge. Ihr Mann überhörte diese Proteste. Wenn die beiden nach

Wien fuhren, musste er fahren, denn Erika Gehlich fühlte sich im Stadtverkehr überfordert.

»Hast du den Regenschirm mit?«, fragte Frau Gehlich.

»Ja«, sagte Herr Gehlich, »und ich wette hundert Euro, dass wir ihn nicht brauchen werden.«

»Pass auf! Da vorne!«

2

Frau Gehlich bestand darauf, dass ihr Mann das Restaurant zuerst betrat. Also ging er vor und fragte einen Kellner nach dem Tisch. Der Kellner nickte sehr freundlich, bot aber den Gehlichs zuerst an, ihnen die Jacken und den Schirm abzunehmen. Das dauerte ein wenig, da Herr Gehlich darauf bestand, vorher seinen Schlüssel und sein Mobiltelefon aus der Jacke zu nehmen. Er brauchte dafür eine Weile. Der Kellner lächelte. Frau Gehlich aber empfand das Verhalten ihres Mannes als peinlich und schnalzte mit der Zunge.

Danach wurden sie von einem anderen Kellner zum Tisch geführt. Erika Gehlich glaubte an einen Irrtum, denn an dem Tisch saß bereits eine junge Frau. Außerdem war er für fünf Personen gedeckt. Die junge Frau stand auf.

»Herr und Frau Gehlich?«

Herr Gehlich stand verdutzt da.

»Martina Zedlau. Ich arbeite mit Ihrer Tochter Angela. Setzen Sie sich doch, bitte!«

»Du sollst dich hinsetzen, Gustav!«

Herr Gehlich gehorchte seiner Frau. Auch Erika Gehlich setzte sich. Martina Zedlau erklärte dem Ehepaar, dass ihre Tochter eine sehr wichtige Geschäftspartnerin aus Berlin getroffen habe, deren Fluggepäck aber nicht in Wien angekommen sei. Nun habe sie mit der Dame Kleidung für ein Businessmeeting besorgt und komme mit ihr direkt nach dem Meeting zum Essen. Beide sollten eigentlich schon auf dem Weg ins Restaurant sein. Aufgrund dieses außergewöhnlichen Vorfalls bitte Angela ihre Eltern darum, dass man hier nun gemeinsam mit dem Gast aus Deutschland zu Abend esse.

»Ich weiß, Sie wollten Ihre Tochter sehen. Ich hoffe, Sie sind nun nicht allzu enttäuscht, dass der Abend ein wenig anders verläuft.«

Frau Gehlich wollte antworten, aber ihr Mann kam ihr zuvor: »Liebe gute Frau, wir wissen nicht einmal, was unsere Tochter genau macht. Wir mussten erst im Internet nachschauen, was ein COO überhaupt tut. Wir sind einfach stolz auf unsere Tochter, nicht wahr, Erika?«

Frau Gehlich waren auch diese Worte ihres Mannes unangenehm. Als der Kellner kam und fragte, ob er den beiden als Aperitif Prosecco bringen dürfe, herrschte sie ihn an: »Er muss noch fahren!« Also nahmen die beiden Damen Prosecco und Herr Gehlich begnügte sich mit einem alkoholfreien Bier. Herr Gehlich wollte die Heftigkeit seiner Frau entschuldigen und sagte: »Ich fahre seit zweiundfünfzig Jahren unfallfrei, wissen Sie! Bei mir heißt es: 0,0. Ohne Ausnahme!«

3

Martina Zedlau war ein wenig überrascht, als beide Eltern ihre Tochter Angela nur mit Händeschütteln begrüßten. Zusammen mit dem deutschen Gast, Frau Dr. Wittek, saßen nun alle fünf bei Tisch. Dr. Wittek erhielt zwischendurch einen Anruf, verließ den Tisch mit ihrem Mobiltelefon und vermeldete beim Zurückkommen, dass ein Bote ihren Koffer um etwa 22:00 Uhr ins Hotel bringen werde.

»Mein Koffer wurde versehentlich nach Kiew geflogen«, sagte Dr. Wittek, die wieder bei Tisch saß.

»So viel zu Austrian Airlines«, sagte Angela.

»Es ist ja jetzt eine deutsche Fluglinie. Sie gehört der Lufthansa«, sagte Herr Gehlich.

»Was willst du damit sagen?«

»Der Flughafen ist dafür verantwortlich, nicht die Fluglinie«, sagte Dr. Wittek.

»Gar nichts, Benno. Es passiert bei jeder Fluglinie, dass sie einen Koffer in einen falschen Flieger laden.«

Angela Gehlich erzählte nun, dass ihre Eltern und ihre Schwestern sie als Kind Benno genannt hatten. Frau Gehlich, die weder mit der Wortmeldung ihres Mannes zur Fluglinie einverstanden gewesen war noch damit, dass er ihre Tochter vor den anderen Benno genannt hatte, wollte das Thema wechseln: »Wir müssen dann bald aufbrechen.«

»Das ist aber interessant. Wie kam es denn zu Benno?«, fragte Dr. Wittek.

»Niemand weiß es mehr«, sagte Herr Gehlich.

»Ich glaube, Lü hat es erfunden«, sagte Angela.

»Angelas ältere Schwester Lydia«, sagte Martina Zedlau nun erklärend zu Dr. Wittek. Frau Gehlich wunderte sich, woher diese Sekretärin wusste, wie ihre Tochter die Schwester mit Kosenamen gerufen hatte.

»Ihr könntet doch bleiben, und wir frühstücken morgen gemeinsam. Dr. Wittek ist gleich hier ums Eck im Park Hyatt untergebracht. Ich könnte euch dort auch ein Zimmer buchen«, schlug Angela vor und sagte gleich darauf zu Martina Zedlau: »Checkst du das, mein Schatz?«

Doch noch während Martina Zedlau das Mobiltelefon zückte, winkte Frau Gehlich ab: »Wir müssen fahren. Wer kümmert sich um die Minkis?« Erklärend wandte sie sich zu Frau Dr. Wittek: »Unsere Katzen.«

4

Als alle fünf das Lokal verließen, wollte Angela Dr. Wittek zum Hotel begleiten. Diese aber winkte ab, man habe schon genug geholfen und jetzt habe sie auch noch eine Familienparty gestört. Sie könne die paar Schritte allein gehen. Alle beteuerten, Dr. Wittek habe überhaupt nicht gestört. Das Ehepaar Gehlich verabschiedete sich mit Händedruck von der Tochter und ging zum Eingang der Parkgarage, wo sie ihr Auto abgestellt hatten. Angela und Martina Zedlau wollten ein Taxi nehmen und gingen zum nahe gelegenen Standplatz.

Auf dem Weg zum Eingang der Parkgarage stellte Frau

Gehlich fest, dass der Kellner ihnen zwar die Jacken gegeben hatte, aber nicht den Regenschirm. »Dieser unnötige Regenschirm«, sagte Herr Gehlich.

»Siehst du, das passiert nicht nur Austrian Airlines«, sagte Frau Gehlich und wies ihren Mann an, zum Auto zu gehen. Sie werde inzwischen den Regenschirm aus dem Restaurant holen.

Als Erika Gehlich um die Ecke bog, sah sie ihre Tochter Angela mit ihrer Sekretärin am Taxistandplatz warten. Es war kein Taxi da. Offensichtlich wurde es gerade geordert, denn diese Martina Zedlau telefonierte. Frau Gehlich blieb an der Hausecke stehen, um von den beiden nicht gesehen zu werden.

Martina Zedlau legte auf, steckte das Mobiltelefon in ihre Handtasche und sagte etwas zu Angela. Was sie sagte, konnte Frau Gehlich nicht verstehen, denn so stolz sie auf ihre Adleraugen war, so sehr musste sie sich eingestehen, dass ihr Gehör nicht mehr das beste war. Das war auch der Grund, warum sie in größeren Runden wenig sprach. Meist verstand sie nicht, was man zu ihr sagte, und nickte nur.

Aber Frau Gehlich hatte ihre Augen. Und ihre Augen sahen in diesem Moment, wie diese Martina Zedlau auf Angela zuging und sie küsste. Die beiden küssten einander lange. Dieser Kuss sagte alles, was Erika Gehlich wissen wollte. Sie ging weiter ins Restaurant.

5

»Weißt du, was ein Zimmer im Park Hyatt kostet?«, sagte Frau Gehlich.

Herr Gehlich brummte mürrisch, weil ein Lkw einen anderen überholte.

»Das ist eines der teuersten Hotels. Sie hat es wirklich zu etwas gebracht, unsere Benno«, sagte Frau Gehlich. Und sie redete weiter. Aber Herr Gehlich hörte seiner Frau nicht zu. Er hatte etwas auf dem Herzen, aber er wusste noch nicht, ob er es sagen sollte. Auf der Autobahn war er kurz der Meinung, Erika sei eingeschlafen. Dann aber sah er, dass sie wach war.

»Sie ist lesbisch«, sagte Herr Gehlich, »diese Frau Dingsda, ihre Sekretärin und sie – sie sind ein Paar.«

»Was redest du denn da!«, sagte Frau Gehlich.

»Wie sie sie anschaut«, sagte Herr Gehlich, »und sie sagt *mein Schatz* zu ihr. Diese sogenannte Sekretärin weiß alles über sie. Sogar wie sie als Kind ihre Schwester gerufen hat. Die beiden sind ein Paar.«

»Also, was du dir immer zusammenreimst!«

»Glaub mir! Ich irre mich nicht. Ich bin selbst schuld. Ich habe diesen Kosenamen Benno erfunden. Erinnere dich: Wir wollten schon, dass Sonja ein Junge wird. Bei Benno war der Wunsch noch stärker. Wir wollten einen Jungen. Und Benno ist ein Mann geworden. In lesbischen Beziehungen gibt es immer eine männliche Hälfte.«

Frau Gehlich lachte: »Wenn ich nicht wüsste, dass du nicht getrunken hast, dann würde ich jetzt glauben, du bist besoffen.«

»Mach dir nichts vor, Erika! Unsere Angela ist lesbisch.«

»Und selbst wenn! Sie ist erfolgreich, und sie macht ihre Sache anscheinend sehr gut. Ich bin stolz auf sie! Und du solltest es auch sein.«

Herr Gehlich war in Gedanken versunken. Er dachte an die Baskenmütze, die er Benno gekauft hatte, als sie zwei Jahre alt war. Daran, wie er sie als Sechsjährige auf einem Jahrmarkt dazu gezwungen hatte, Autodrom zu fahren und sich von den viel älteren Jungen, die dort Radau machten, nicht einschüchtern zu lassen. Schon mit acht Jahren hatte er sie auf die Jagd mitgenommen und mit dem Gewehr schießen lassen unter der Auflage, der Mutter davon nicht zu erzählen. In der Finsternis sah Herr Gehlich zwei Augen. Sie leuchteten, als wollten sie ihn warnen. Er trat auf die Bremse.

»Was machst du denn?«

»Da ist ein Reh.«

»Wir sind auf der Schnellstraße.«

»Da ist ein Reh.«

Herr Gehlich fuhr nur noch im Schritttempo. Tatsächlich kam einige Momente später ein Reh aus dem Straßengraben. Gustav Gehlich blieb stehen. Das Reh lief auf die Fahrbahn, glitt dort aus und lag kurz vor dem Auto. Schnell rappelte es sich wieder hoch und lief auf die andere Seite der Schnellstraße.

»Was ist? Fahr weiter!«, sagte Frau Gehlich, die plötzlich aufgeregt war.

»Nein, es kommt zurück. Rehe kommen immer zurück auf die Waldseite.«

Einige Sekunden später lief das Reh von links nach rechts über die Fahrbahn zurück auf die Seite, von der es gekommen war, und verschwand im Gebüsch. Herr Gehlich trat aufs Gas und fuhr weiter. Seine Frau atmete schwer.

»Also, ich muss sagen: Alle Achtung, mein Lieber. Du bist der sicherste Fahrer der Welt.«

»Zweiundfünfzig Jahre unfallfrei. So schade, dass Benno den Führerschein nicht machen wollte.«

»Ach, die fährt mit dem Taxi. Die kann sich das locker leisten. Sie verdient ja Länge mal Breite.«

Ingrid

Ich hatte sie gleich erkannt. Aber ich hoffte, dass sie mich nicht erkennen würde. Ihr Vorname fiel mir erst etwas später ein: Ingrid. Als die meisten Partygäste in den Garten gingen, folgte ich ihnen. Ich hatte gedacht, dass ich ihr dort besser aus dem Weg gehen könne. Aber schon nach ein paar Schritten hörte ich, wie jemand hinter mir meinen Namen rief. Ich blieb stehen und drehte mich um.

Sie war gealtert. Ihr Haar, das einmal blond gewesen war, war nun weder grau noch weiß, sondern hatte eine seltsam weißlich durchsichtige Farbe. Sie sah müde aus. Ich sagte ihren Vornamen und errechnete, dass wir uns mindestens fünfzehn, wenn nicht zwanzig Jahre nicht gesehen hatten.

»Wie geht es dir?«, fragte sie.

»Eigentlich gut«, sagte ich.

Und schon war uns der Gesprächsstoff ausgegangen. Das passte eigentlich nicht zu ihr. Sie galt früher als witzige und aufgedrehte Person. Mir war sie immer anstrengend und aufdringlich vorgekommen. Sie war dafür bekannt – oder eher berüchtigt – gewesen, anderen zu sagen, was sie zu tun hatten, und nicht aufzuhören, sie zu bearbeiten, bis sie es auch tatsächlich taten.

»Und wie geht es dir?«, fragte ich.

»Na ja«, sagte Ingrid, »die Kinder sind jetzt beide außer Haus. Da fehlt das Leben. Enkel bringen sie mir noch keine. Es ist ein wenig langweilig, das Alt-Werden.«

Und während ich die Karrieren bzw. Studienfächer der beiden Töchter abfragte, erinnerte ich mich, wie sie als Kinder einmal in meiner Wohnung Darts gespielt hatten und in der Wand, im Parkettboden und sogar in der Tür eines alten Schranks, den ich von meiner Großtante geerbt hatte, unzählige kleine Löcher hinterlassen hatten.

»Die Große war schon in Nepal, als Restauratorin«, sagte Ingrid, »ich hätte sie gerne besucht. Wäre mit ihr gereist. Wir waren ja auch zweimal in Nepal, und es waren die schönsten Reisen unseres Lebens. Aber du weißt ja: Eine Mama ist peinlich.«

»Und wie geht es …«

»Tommy«, ergänzte Ingrid den Namen ihres Mannes. »Ach, weißt du, er verschwindet immer mehr hinter dem Teleskop und seinen Sternenkarten. Unsere Töchter wollten beide nicht Astronomie studieren. Für ihn sind sie jetzt nur noch ein monatlicher Abbuchungsbetrag von seinem Konto.«

Und während Ingrid nun wieder von ihren Nepalreisen redete und bald schon in Australien war und beim Great Barrier Reef, erinnerte ich mich an eine Geschichte von Ingrid, die ich mir gemerkt hatte.

Ingrids Töchter waren – sie müssen damals etwa sieben und zehn Jahre alt gewesen sein – bei einer Geburtstagsfeier im Haus einer Freundin eingeladen. Ingrid kam am späten Nachmittag, um die Kinder abzuholen. Als sie das Haus betrat, wurde sie von der Mutter des Mädchens, das Geburtstag hatte, noch zu einem Glas Sekt und einem Stück Torte an den Tisch gebeten. Ingrid sagte, sie dürfe nicht trinken, denn sie müsse noch Auto fahren. Doch Gerhild, die Gastgeberin, goss tüchtig ein und Ingrid war ein Mensch, der sich nicht lange bitten ließ.

Die Kinder liefen durch das Haus und kamen Ingrid extrem aufgekratzt vor. Gerhild hatte bereits eine zweite Flasche Sekt geöffnet. Eine weitere Mutter kam dazu, und bald war man bester Laune.

Ingrid zog dann doch irgendwann die Reißleine und schaffte es, die beiden Töchter dazu zu bringen, die Schuhe anzuziehen. Die kleine Tochter weinte ein wenig, weil sie schon gehen musste, aber bald hatte Ingrid sie im Auto und fuhr los.

Ingrid wählte eine Route, die fast ausschließlich aus Schleichwegen bestand: Transportstraßen und Güterwege, auf denen abends nichts los war. Eine Ortschaft musste sie aber trotzdem passieren. Und während die Kinder auf dem Rücksitz herumtollten und lärmten, wurde sie tatsächlich von einem Gendarmen am Straßenrand angehalten. Er verlangte Ingrids Führerschein und ihre Zulassung. Danach ließ er sich das Pannendreieck im Kofferraum zeigen.

»Haben Sie etwas getrunken?«, fragte der Gendarm.

»Nur ein Gläschen Sekt«, antwortete Ingrid.

Die Kollegin des Gendarmen hatte bis jetzt regungslos am Straßenrand gestanden. Nun aber winkte er ihr zu. Sie öffnete den Kofferraum des Gendarmerieautos, zog einen Behälter und einen Schlauch heraus und forderte Ingrid auf, in das Mundstück zu blasen.

Das Gerät zeigte 0,49. Ingrid jubelte innerlich. Doch der Gendarm sagte, der vom Gerät gemessene Wert sei mit zwei zu multiplizieren, sie habe also 0,98 Promille Alkohol im Blut. Das liege deutlich über dem erlaubten Höchstwert von 0,8 Promille.

Ingrid konnte es nicht fassen. Mit zwei multiplizieren? Und wie konnte man nach einem Gläschen Sekt 0,98 Promille haben? So oder ähnlich wetterte sie. Die Gendarmin versuchte, sie zu beruhigen. Der Gendarm machte ein ernstes Gesicht und fragte, ob Ingrid sich von hier abholen lassen könne. Weiterfahren dürfe sie jedenfalls nicht.

Das Ganze sei ein Witz, sagte Ingrid. Bestimmt würde auch bei ihrem Kind festgestellt, dass es alkoholisiert sei. Das Gerät sei einfach untauglich und das Verdoppeln des Werts eine seltsame Angelegenheit. »Lassen Sie doch die Kleine einmal blasen«, sagte Ingrid. Die Gendarmin griff bereits nach einem neuen Mundstück, aber der Gendarm stoppte sie. Es gebe keinen Grund, den Test bei dem Kind anzuwenden. Aber es war eben Ingrids große Fähigkeit, nicht lockerzulassen, bis ihr Wille geschah. Und so ließ der Gendarm sich am Ende breitschlagen. Ingrids kleine Tochter blies in das Mundstück, das Gerät zeigte 0,65 Promille. Ingrid lachte. Dann müsse das Kind ja nach der Verdoppelung 1,3 Promille haben. Und das von Chips, Torte und Himbeersaft bei einem Kindergeburtstag.

Ingrid brachte die beiden Beamten sogar so weit, auch noch die ältere Tochter blasen zu lassen. Sie kam auf 0,81 Promille, verdoppelt also 1,62. Der Gendarm gab sich geschlagen. Er bat Ingrid weiterzufahren. Ingrid kam zu Hause an und griff sofort zum Telefon, um Gerhild anzurufen und zu erzählen, was sie eben erlebt hatte. Doch der Gastgeberin war nicht zum Lachen zumute. Sie erzählte, dass die Kinder beim Spielen heimlich Eierlikör getrunken hätten. Allen sei schlecht, die meisten kotzten und eine Freundin der Tochter musste sogar wegen einer Alkoholvergiftung ins Krankenhaus.

»Aber das kennst du ja. Du warst ja auch einmal in Westafrika, wenn ich mich recht erinnere«, sagte Ingrid.

Ich hatte zwar nicht zugehört, bewunderte aber Ingrids Gedächtnis: »Das stimmt. Ich war einmal in Ghana.«

»Hast du Kinder?«, fragte Ingrid.

»Nein«, antwortete ich.

Ich wusste, dass ich für Ingrid damit ein Mensch zweiter Klasse war. Sie machte nicht einmal einen großen Hehl daraus. Sie seufzte und sagte: »Das ist schade. Dann kennst du das richtige Leben nicht. Ich hätte gerne vier Kinder gehabt.«

Zum Glück wurde ich nun uninteressant. Wir hatten uns bereits verabschiedet. Dann aber platzte ein Satz aus mir heraus, den ich besser nicht gesagt hätte: »Diese Geschichte damals mit der Kinderparty und dem Eierlikör – die werde ich nie vergessen.«

Plötzlich wurde Ingrid ernst. Ihr Haar wurde noch durchsichtiger. Ich bemerkte die Falten an ihrem Hals und auf ihrer Stirn. Sie konnte nicht älter als achtundvierzig oder höchstens fünfzig sein. In diesem Moment aber wirkte sie auf mich wie eine Siebzigjährige.

»Ich habe mit Gerhild seither nie wieder gesprochen«, antwortete sie. »Dass sie die Kinder unbeaufsichtigt ließ, werde ich ihr nie verzeihen.«

»Ja, aber die Geschichte mit den Polizisten und mit dem Alkoholtest ist wirklich witzig«, sagte ich.

»Die war gar nicht witzig«, sagte Ingrid.

Ich erzählte nun die Geschichte, wie ich sie in Erinnerung hatte.

»Wer hat dir denn das erzählt?«, sagte Ingrid.

»Du«, sagte ich.

»So ein Unsinn. Ich musste bitten und betteln, dass sie mich nach Hause fahren lassen. Zum Glück war die Gendarmin die Schwägerin der Cousine meiner Taufpatin. Neuntausend Schilling habe ich damals Strafe bezahlt. Das war die Hälfte meines Monatslohns.«

»Und die Kinder haben nicht geblasen?«, fragte ich.

»Aber nein«, sagte Ingrid, »man benutzt doch Kinder nicht für so etwas. Da merkt man eben, dass du nie Kinder hattest.«

Ich war erschöpft. Und ich fand meine Version der Geschichte deutlich besser. Für mich sollte nur die falsche Geschichte von Ingrid überbleiben. Die Schwägerin der Cousine meiner Taufpatin, dachte ich. Das muss man erst einmal fehlerfrei sagen können.

Ein Jahr danach sahen wir uns nochmals am selben Ort, beim Geburtstag derselben Bekannten. Die Bekannte war wieder ein Jahr älter geworden. Ingrid hingegen schien mir um zehn Jahre gealtert zu sein. Sie nickte mir nur einmal zu. Ins Gespräch kamen wir nicht.

Christiane

Gott weiß, wir sind nur Staub.
Gleich wie das Gras vom Rechen,
Ein Blum' und fallendes Laub,
Der Wind nur drüber wehet,
So ist es nimmer da:
Also der Mensch vergehet,
Sein End', das ist ihm nah.

(Anonym, Text der Bach-Motette
»Singet dem Herrn ein neues Lied«)

Stephan Protschka war mit zweiunddreißig Jahren der jüngste Universitätsprofessor des Landes. Und ich war mit einunddreißig Jahren sein ältester Student. Nachdem Protschka mich immer wieder bei Prüfungen oder auf dem Korridor des Instituts für Musikwissenschaft ermahnt hatte, doch nun endlich fertig zu studieren, mied ich ihn, indem ich seine Vorlesungen und Seminare nicht mehr besuchte und auch nicht mehr ins Institut ging.

Im Sommer 1990 hatte ich mich in die Studentin Kinga Tóth verliebt. Sie studierte ebenfalls Musikwissenschaft und daneben Komposition an der Hochschule. Im Jahr 1991 – es war am 18. Februar, daran erinnere ich mich genau – traf ich Kinga in einem Café, und sie schlug mir vor, mit ihr ihren Vater, den Komponisten László Tóth zu besuchen. Um Kinga einen Gefallen zu tun, willigte ich ein. Auf dem Weg zur Wohnung ihres Vaters gab Kinga mir Anweisungen, was ich vor ihrem Vater alles nicht sagen oder tun durfte: »Stell deine Schuhe im Vorzimmer nicht genau parallel hin, denn sonst beginnt der Vater sofort über Schönberg zu reden. Berühre den Flügel im Salon nicht und schau ihn dir auch nicht zu genau an. Sag nichts, das mit Ungarn zu tun hat, sprich den Namen Mozart nicht aus und sag niemals das Wort Geologenhammer.« Ich hätte Kinga eigentlich gerne geküsst, aber in diesem Moment musste ich grinsen.

»Warum lachst du?«, fragte Kinga.

»Es fällt mir wirklich schwer, im täglichen Leben ohne das Wort Geologenhammer auszukommen«, sagte ich.

Als wir das Wohnzimmer der Tóths in der Van-Swieten-Gasse betraten, sah ich, dass dort auf dem Sofa Stephan Protschka saß.

Zunächst schwiegen Protschka und ich und hörten László Tóth zu, der erzählte, dass er 1956 während des Ungarn-Aufstands nach Österreich gekommen war. Lange habe er gebraucht, um in Österreich als Komponist wahrgenommen zu werden. Dann endlich, im Juni 1972, wurde im Wiener Musikverein ein Stück von ihm uraufgeführt. Doch inzwischen war über Nacht ein Mann berühmt geworden, der exakt denselben Namen trug wie er – ein anderer László Tóth.

»Tóth László«, sagte László Tóth, »betrat am 21. Mai 1972 den Petersdom, stürmte auf die Pietà zu und schlug mit einem Geologenhammer fünfzehnmal auf Michelangelos Statue ein.«

Im Salon herrschte vollkommene Stille.

»Ich bin Jesus Christus, auferstanden von den Toten, soll er dabei gerufen haben«, sagte László Tóth. »Mit fünfzehn Schlägen beschädigte Tóth László den linken Arm, Nase und Auge der Madonna sowie den Schleier über ihrem Haar. Mit einem Geologenhammer.«

Im selben Jahr wurde ein Orchesterstück von László Tóth im Musikverein uraufgeführt. Nach dem Konzert ging er auf die Bühne, verbeugte sich mit den Musikern und ging dann in die Garderobe. Dort warteten sechs oder sieben ältere Menschen. Tóth dachte, sie wollten Autogramme, doch plötzlich nahmen sie ihre Regenschirme und schlugen auf den Komponisten ein. »Du warst das!«, riefen sie dabei. »Du warst das, du Hund!«, wiederholte László Tóth immer wieder.

Stephan Protschka hatte diese Erzählung bestimmt schon etliche Male gehört, und ich kannte die Geschichte bereits von Kinga, die gelangweilt dasaß und Erdnüsse aß. László Tóth war ein Mensch, den niemand zu unterbrechen wagte, und so hörten wir zu, während eine Bedienstete Tee brachte. Ich war bei Tóths Erzählung erstarrt; nicht nur wegen László Tóth, sondern auch, weil ich in einem solchen Salon mit eigenen Bediensteten nicht wusste, wie man sich zu benehmen hatte. Später wurden wir ins Klavierzimmer gebeten, wo Kinga zwei Stücke spielte und aus kleinen Gläsern Marillenbrand serviert wurde. Als Vater und Tochter Tóth das Klavierzimmer zur gleichen Zeit verließen, sprach Protschka mich an.

»Ich hätte da eine Frage …«, sagte Protschka und goss mir und sich noch einen Marillenbrand ein. »Vielleicht haben Sie auch gar keine Zeit«, sagte er. Er trat näher an mich heran und sprach leise weiter: »Der alte Tóth muss das nicht hören. Er hasst Mozart. Im März erscheint mein Buch über Mozart und ich mache eine Lesereise durch Deutschland. Also eigentlich ist es eine Vortragsreise. Ich halte einen Vortrag, um das Buch zu bewerben. Sie wissen ja, das Mozartjahr, der 200. Todestag. Ich habe keinen Führerschein. Und ich brauche jemanden, der mich fährt und mir ein wenig Gesellschaft leistet. Können Sie sich das vorstellen? Ich kann Sie gut bezahlen.«

Doch bald kam László Tóth zurück und Protschka sprach über andere Dinge. Beim Gehen sagte er zu mir: »Kommen Sie morgen zu mir ins Institut. Sagen wir 14:00 Uhr? Dann besprechen wir die Sache.«

Der 200. Todestag machte das Jahr 1991 zum Mozartjahr. Filme, Festivals, Dokumentationen, Konzerte und Kochbücher, die den Komponisten mehr oder weniger zum Inhalt hatten, erschienen. Das Magazin *Der Spiegel* titelte: »Ein Genie wird totgefeiert!« Und da durfte ein Buch des sympathischen jungen Musikwissenschaftlers Stephan Protschka nicht fehlen, der bereits in seiner wöchentlichen Radiosendung mit humorvollen, leicht provokanten Thesen zum Thema des Jahres für Erheiterung gesorgt hatte.

Aufgrund meiner finanziellen Lage entschloss ich mich, mir Protschkas Angebot anzuhören. Ich hoffte, Kinga im Institut nicht zu begegnen, überhaupt wählte ich einen Weg durch die Stadt, auf dem ich sichergehen konnte, ihr nicht in die Arme zu laufen. Ich hätte sie einerseits gerne geküsst, aber andererseits durfte sie von dieser Mozart-

Protschka-Sache nichts wissen, denn sie hätte mich dafür ausgelacht.

Stephan Protschka begrüßte mich freundlich, er hatte – wie Kinga immer verächtlich sagte, denn sie hielt Protschka für einen eitlen Schwätzer – ein Dauergrinsen auf seinem Gesicht. Ich setzte mich. Er zeigte mir den Reiseplan. Zuerst ging es nach Westösterreich und in die Schweiz, dann durch Deutschland und die ehemalige DDR. Anstrengende zweieinhalb Monate würden das werden und ich fragte mich, wie Protschka angesichts dieses Vorhabens weiter an der Uni lehren wollte. »Sie wollen am Totfeiern doch sicher auch ein wenig verdienen?«, sagte Protschka und bot mir 4000 Schilling pro Woche an, was für mich damals eine gute Bezahlung war. Ich sagte sofort zu. Protschka bot mir bei dieser Gelegenheit das Du-Wort an.

Man kann sich heute wohl keine Vorstellung mehr davon machen, wie die Langeweile im Jahr 1991 ausgesehen hat, als man sich weder am Computer noch auf dem Smartphone mit Spielen, Chatten, Hörbüchern und anderem unterhalten konnte. Damals hatte auch niemand Mobiltelefone. Als Protschka und ich bereits zwei Monate unterwegs waren, befiel mich starkes Heimweh. Beim dritten Anruf aus einem unserer Hotels gelang es mir, Kinga zu erreichen. Sie schien sich über mich lustig zu machen, als sie sagte: »Langweilt er dich schon, der alte Schwätzer?« Für diesen Anruf musste ich fast zwanzig D-Mark bezahlen.

Die Vortragsreise hatte gut begonnen. Zuerst fesselte mich Protschkas Vortrag, der mir mit jedem Mal witziger und klüger vorkam. Fast hatte er in mir eine Begeisterung für Mozart geweckt. Im Auto durfte ich meine Musikkassetten mit Bach-Motetten in Stephans Anwesenheit nicht hören. Er bevorzugte Radio mit aktuellen Charts-Hits.

Die Abende und Nächte nach seinem Vortrag verliefen immer gleich. Meist umringte ihn eine Schar von Frauen, von denen er die zwanzig- bis dreißigjährigen bevorzugte. Diskotheken und Bars wurden besucht, bis sich die Zahl der Damen auf eine überschaubare reduziert hatte, aus der er entweder eine auswählte oder seltener allein auf sein Zimmer ging. In der Hoffnung, einen von Protschka verschmähten Groupie trösten zu können, erlebte ich diese Nächte anfangs noch bis zu ihrem Ende mit. Später zog ich mich schon früher zurück, einfach um am nächsten Tag ausgeschlafen zu sein, denn es stellte sich heraus, dass es sehr viel Energie kostete, einen Tag unserer Vortragsreise verkatert durchzustehen.

Hin und wieder kam es auch vor, dass eine von Protschkas Auserwählten an einem der darauffolgenden Tage an einem anderen Ort, wo wir Station machten, wiederauftauchte. Eine derartige Anhänglichkeit missfiel dem Professor. Er nahm die betreffende Bewunderin für zehn Minuten zur Seite. Meist verließ sie dann unter Tränen das Hotel.

Neben der Langeweile quälte mich die wachsende Abneigung gegenüber Stephan. Als wir in Hamburg ankamen, war daraus Hass geworden. Ich hasste ihn nicht nur wegen seines Umgangs mit Frauen, sondern weil ich feststellen musste, dass er seinen Vortrag immer mehr vernachlässigte. Stellen, die für das Ganze wichtig waren, vergaß er, Pointen, die an anderen Orten für große Erheiterung im Publikum gesorgt hatten, verhaute er und konnte mit einer mir ganz vorsätzlich erscheinenden Schlampigkeit die Bewunderung, die ihm am Anfang der Reise überall entgegengebracht wurde, nicht mehr auslösen.

Dazu kam täglicher Alkoholkonsum und Stephans Angewohnheit, mich herunterzumachen, wenn Frauen und Wein ihm langweilig geworden waren. Das tat er vor allem in Berlin, wo ich das erste Mal versuchte, ihm klarzumachen, dass er durch seine Achtlosigkeit und die Tatsache, dass er nun schon vor dem Vortrag große Mengen Alkohol trank, seinen Auftritt und sein Image ruinierte. »Gott weiß, wir sind nur Staub«, sang er meine Lieblings-Bach-Motette und machte sich nicht nur über geistliche Musik, sondern besonders über mich lustig.

So waren die letzten beiden Wochen einerseits die härtesten, andererseits half die Vorstellung, dass ich es bald geschafft haben würde. Wir reisten durch Städte der früheren DDR, alle weiß ich nicht mehr, Weimar, Dresden und Chemnitz, das noch im Jahr zuvor Karl-Marx-Stadt geheißen hatte, waren darunter. Anfang Juni kamen wir in Leipzig an.

Stephan Protschka war im Auto eingeschlafen, als wir das Hotel Fürstenhof erreichten. Ich war daran gewöhnt. Meist hielt er mir Vorträge darüber, dass schon die Barockmusik in Europa einen Niedergang bedeutet hatte und dass im Grunde die Polyfonie des Pérotin wie in seinem *Viderunt omnes* der Höhepunkt der Musik gewesen war. Oder er fragte mich, ob die Frau, die er am Vortag mit auf sein Zimmer genommen hatte, schöner oder wahnsinniger oder geiler gewesen sei als jene in München oder Kassel oder Kiel. Und immer schlief er dabei ein.

Ich stellte also das Auto vor dem Fürstenhof ab und lud mit einem Hotelboy das Gepäck aus. Während ich zur Rezeption ging, schob der Boy das Gepäck in einem Wagen hinter mir her. Die Rezeptionistin lächelte. Ich lächelte ebenfalls, aber das machte sie verlegen, und sie schaute kurz weg und widmete sich dem Ausfüllen eines Formulars. Dann lächelte sie mich wieder an, und so ging es mehrere Male. Sie händigte mir die Schlüssel aus. »Willkommen. Ich habe Ihr neues Buch schon ganz gelesen, Herr Professor«, sagte sie. Also noch eine Bewunderin. Allerdings eine, die ihr Idol nicht erkannte.

»Entschuldigung, Herr Professor«, sagte sie, »ich hoffe, es ist kein Problem, dass Ihr Zimmer und das Ihres Begleiters nicht nebeneinanderliegen?« Das war nicht nur kein Problem, es war mir sogar viel lieber. Denn in Hotels mit dünnen Wänden hatte ich oftmals die nächtlichen Vorgänge in Protschkas Zimmer mithören müssen.

»Das ist gar kein Problem«, sagte ich. »Ich muss nur richtigstellen: Ich bin der Chauffeur. Herr Professor Protschka kommt gleich.«

Sie runzelte die Stirn. Dann sah sie mich mit einem eigenartigen Blick an, der mir nicht verriet, ob sie sich schämte oder mich ab diesem Zeitpunkt für einen Menschen zweiter Klasse hielt und daher nicht mehr anreden musste. Protschka ging in diesem Augenblick durch die

Eingangshalle auf uns zu. Nun kam die Rezeptionistin mit Protschkas Buch in der Hand hinter dem Schalter hervor. »Herr Professor, darf ich Sie bitten, das Buch zu signieren?«, sagte sie. Protschka nahm das Buch, öffnete es, schrieb das Datum und den Satz *Viderunt omnes* hinein und unterschrieb darunter. Er gab der Rezeptionistin das Buch zurück und grinste sie an.

Nachdem wir beide unsere Zimmer bezogen und geduscht hatten, trafen wir uns in der Hotelbar. Protschka begann mit einem Bier. Ich bestellte Mineralwasser. Ich hatte schon in den Tagen zuvor mit dem Gedanken gespielt, Protschka meine Meinung zu sagen. An diesem Tag rutschte es mir heraus: »Stephan, darf ich dir etwas zum heutigen Vortrag sagen?« Er grinste wie immer.

»Die Geschichte... diese Geschichte über die Begegnung von Goethe und Beethoven im Jahr 1812...«, sagte ich.

»Die gefällt dir nicht!«, sagte Protschka.

»Nein, nein«, sagte ich, »die Geschichte ist gut.«

»Ich finde auch, dass das eine gute Geschichte ist«, sagte Protschka.

»Ja, nur gestern...«, sagte ich, »gestern hast du sie vergessen. Du hast sie einfach ausgelassen.«

Protschka lachte: »Ist das wahr?«

Nun kam die Bedienung und Protschka bestellte Whiskey. Mit einem Fingerzeig wollte er mich auch zum Trinken überreden, aber ich winkte ab. »Du hast auch ein paar andere Stellen vergessen«, sagte ich, »und einige Anekdoten, wie die mit Rosalie Joly und Mozart...«

»Was ist damit?«, fragte Protschka.

»Du erzählst sie nicht mehr so gut ... also ... Früher hat das Publikum immer gelacht. Und jetzt ...«, sagte ich.

Die Bedienung brachte den Whiskey.

»So gut kennst du meinen Vortrag?«, fragte Protschka.

»Natürlich, ich kenne ihn in- und auswendig«, antwortete ich.

Stephan lachte wieder.

»Meinst du nicht«, sagte ich, »du solltest vor dem Vortrag nicht trinken?«

Stephan Protschka grinste auch, wenn er eigentlich aggressiv wurde: »Schau an, der Herr Chauffeur weist mich zurecht.« Ich schwieg und tat so, als sei ich nun beleidigt.

»Der Vortrag ist nicht mehr so gut wie am Anfang der Lesereise?«, fragte er.

»Das geht schon wieder. Du kannst das. Du musst dich nur ein wenig ...«, sagte ich, als Stephan mich unterbrach.

»Also bitte, wenn das so ist«, sagte er, »und wenn du den Vortrag ohnehin in- und auswendig kennst, dann hältst du heute den Vortrag, und ich sitze in der ersten Reihe und höre zu.«

Ich sah, dass Protschka mit diesem Schachzug triumphierte. Er dachte, er habe nun gewonnen. Ich durfte keine Miene verziehen.

»Ist gut, so machen wir es«, sagte ich, »du wirst sehen, das wird der beste Vortrag, den du je gehalten hast.«

Ich erwartete, dass Protschka, da er nun sah, dass es mir ernst war, seinen Vorschlag zurückziehen oder das Ganze zu einem Scherz erklären würde. Aber da er auch viel von seinem Humor hielt, konnte er ohne Gesichtsverlust nicht mehr zurück. »Bist du dabei?«, fragte Protschka. »Also, ich bin dabei!«

Und irgendwann nach seinem dritten Whiskey erzählte Protschka folgende Geschichte: »Der junge Schopenhauer hatte als Assistent Goethes bei der Abfassung der Farbenlehre mitgearbeitet. Er wurde aber immer dreister und forderte Goethe schließlich zu einigen Änderungen in seiner Farbenlehre auf. Goethe machte diese Änderungen selbstverständlich nicht, und so schrieb Schopenhauer seine eigene Farbenlehre. Als die beiden einander das nächste Mal begegneten und Schopenhauer Goethe sein Stammbuch reichte und um einen Eintrag bat, schrieb Goethe: ›Trüg' gerne noch des Lehrers Bürden, wenn Schüler nicht gleich Lehrer würden.‹«

Heute ist es nicht mehr vorstellbar, dass jemand den Vortrag eines Wissenschaftlers besucht, ohne zu wissen, wie er aussieht. Heutzutage würde man ihn schon in Videos gesehen haben und Hunderte Bilder von ihm abrufen können. 1991 aber war Protschka vor allem durch das Radio bekannt, und man konnte ihn ohne Weiteres verwechseln. Natürlich war ich nervös geworden, aber es war nicht mehr viel Zeit. Man stellte mich einem Kulturpolitiker vor, der einleitende Worte sagen sollte. Stephan stellte ich als meinen Begleiter vor. Er nahm in der ersten Reihe Platz, und eine lange Begrüßung begann.

Schließlich trat ich an das Rednerpult und begann den Vortrag genau so, wie Stephan es immer gemacht hatte. Ich sah Protschka in der ersten Reihe sitzen, die Beine übereinandergeschlagen, und ich wusste, dass am Wippen seines rechten Beins zu erkennen war, wann er sich aufregte. Bis dahin schien er ruhig. Dann fügte ich aber seiner Einleitung einen Satz hinzu: »Der Name Wolfgang Amadeus Mozart ist das Synonym für musikalisches Genie geworden, obwohl das wahre Genie, der Mozart der Musik, erst 1770 geboren wurde und Ludwig van Beethoven hieß.« Raunen im Publikum. Ein gewagter Satz. Er stammte von Kinga Tóth. Protschkas Fuß wippte nicht. Protschka lachte.

Und nun hielt ich den Vortrag so, wie er zu Anfang unserer Lesereise auch von Stephan Protschka gehalten worden war, vergaß weder Rosalie Joly noch die Baronin von Waldstätten noch die Begegnung von Beethoven und Goethe in Teplitz. Und ich war, glaube ich, witziger, sicherer, aber auch überraschender als Protschka; überraschender nämlich an den Stellen, an denen das Leben Mozarts abseits der Verklärung vor dem Hintergrund der zeitgenössischen Lebensbedingungen eines Kapellmeisters erklärt wurde.

Ich gebe zu, dass der Applaus, der dem Vortrag folgte, nicht der größte war, den wir auf der Tour gehabt hatten. Aber ich war durch. Ich konnte aus diesem Saal gehen und am darauffolgenden Tag wieder Protschkas Chauffeur sein. Erst jetzt bemerkte ich meine Erleichterung. Die letzten anderthalb Stunden waren vergangen, als wären es ein paar Sekunden gewesen. Ich sah, dass auch Stephan applaudierte. Hoffentlich würde Kinga nie von dieser Sache erfahren.

Nur eine Kleinigkeit war vor dem Signieren der Bücher

noch zu erledigen, nämlich das Beantworten der Fragen aus dem Publikum.

Die Fragen, die gestellt wurden, waren immer dieselben. Wer eine Diskussion gehört hatte, kannte sie bereits. Meist wollten selbsternannte Wissenschaftler ihre Erkenntnisse loswerden, oder sie fragten – was sehr häufig vorkam – danach, wie der Realitätsgehalt des Hollywoodfilms *Amadeus* von Miloš Forman einzuschätzen sei, besonders im Hinblick auf Antonio Salieri. »Die Geschichte der angeblichen Vergiftung Mozarts durch Salieri hat der Dichter Alexander Puschkin schon im 19. Jahrhundert breitgetreten. Was die Quellenlage betrifft, ist diese Sache völlig unseriös. Dem armen Salieri gegenüber, der übrigens auch der Lehrer Beethovens war, ist es nicht nur eine Zumutung, sondern glatter Rufmord.«

Niemand fragte danach, um welches Werk Puschkins es sich handelte. Ich hätte es auch nicht gewusst. So hatte ich leichtes Spiel, bis sich ein älterer Herr zu Wort meldete, dessen Sächsisch ich zunächst schwer verstehen konnte. Der Vortragende, sagte er, habe von einem Aufenthalt Mozarts in Leipzig und seiner Beschäftigung mit Bach gesprochen. Ob der Vortragende denn diesen Besuch in dieser Stadt datieren und Quellen dafür nennen könne?

Erst in diesem Augenblick verstand ich, dass ich den Namen Leipzig im Vortrag mehrmals ausgesprochen hatte, ohne dass mir klar gewesen war, dass wir uns in dieser Stadt befanden. In Zürich, Basel, Karlsruhe, Stuttgart, München und all den anderen Städten war dieser Stelle des Vortrags keine Bedeutung beigemessen worden. Aber in Leipzig selbst war es naheliegend, dass jemand sich dafür interessierte. Doch weder das Jahr von Mozarts Leipzig-Aufenthalt noch, wo dieser erwähnt worden war, waren mir geläufig.

»Der werte Herr stellt die Frage«, sagte ich zum Auditorium, »wann Mozart sich in Leipzig befand und aus welchen Quellen wir Berichte darüber erhalten. Diese Frage ist so trivial, dass sogar mein Chauffeur, der hier in der ersten Reihe sitzt, sie beantworten kann.« Und damit zeigte ich auf Stephan Protschka.

Stephan spielte mit. Grinsend drehte er sich zum Publikum hinter ihm, erzählte von Alexander Ulibischeff, der in seinem Buch schreibt, dass der Hofrat Rochlitz über Mozarts Aufenthalt in Leipzig berichtete, nannte das Jahr 1789 als Besuchsjahr und verbeugte sich dann ein wenig gegen das Publikum, nicht ohne danach zu mir hinaufzusehen.

Es folgten noch zwei oder drei Fragen, die aber keine Probleme mehr machten. Ich ging an den Büchertisch, wo sich bereits eine Reihe von Menschen anstellte, um das Buch signieren zu lassen. Das Auditorium fasste etwa dreihundert Personen. In der Schlange standen mindestens hundert Menschen.

Ich signierte ein Buch nach dem anderen als Stephan Protschka. Protschka selbst stand in der Schlange mit einem Buch. Kurz bevor er an der Reihe war, wurde er von einem Herrn hinter ihm scherzhaft gefragt, ob er als Chauffeur des Professors das Buch bei jeder Präsentation kaufe. Protschka antwortete: »Nein, aber Leipzig war nun wirklich etwas Besonderes.«

Ich signierte also als Stephan Protschka ein Buch für Stephan Protschka. Er gratulierte mir zum Vortrag. Ich schüttelte noch die Hände von drei Kulturpolitikern, bis sich die Menge verlief. Als ich den Vortragssaal verließ, hatte sich eine kleine Gruppe von acht bis zehn Menschen um Protschka geschart. Er schaffte es also auch als Chauffeur. »Komm, wir gehen noch was trinken«, rief er mir zu. »Ich bin todmüde. Ich muss aufs Zimmer«, antwortete ich und ließ die Gruppe zurück.

Als ich mein Zimmer betrat, war ich viel zu aufgekratzt, um mich zu setzen. Ich hätte mich gerne selbst gefeiert. Der große Vorhang vor meinem Fenster war zugezogen. Ich konnte mich nicht erinnern, das selbst getan zu haben. Ich blickte zu Boden und erschrak. Hinter dem Vorhang waren zwei weibliche Füße in Stöckelschuhen.

Ich zog den Vorhang zur Seite. Die Frau schien nicht zu erschrecken. »Da haben Sie mir aber einen tollen Streich gespielt, Herr Professor«, sagte sie. »Von wegen nur der Chauffeur.« Jetzt erst erkannte ich die Rezeptionistin, die mich heute bei der Ankunft für Protschka gehalten hatte. »Ich musste mir ein zweites Buch kaufen. Das will ich aber diesmal von Ihnen signiert haben.« Sie hielt mir ein Buch hin und setzte sich auf das Bett, auf mein Bett, was mich irritierte. Die Hotellivree trug sie nicht mehr. Sie war aber elegant gekleidet, trug einen Rock und eine gestärkte weiße Bluse.

Ich nahm das Buch und signierte es mit etwas Widerwillen als Stephan Protschka. »Darf ich meine Schuhe ausziehen?«, fragte die Rezeptionistin und streifte sofort ihre Stöckelschuhe ab. Ich gab ihr das Buch. »Danke«, sagte sie,

»macht ihr das überall so mit dem Rollentausch?« Da das Bett besetzt war, nahm ich am Schreibtisch Platz. »Ach, ich habe Bier für uns kalt gestellt. Sie sind sicher müde«, sagte sie. Sie ging zu dem kleinen Kühlschrank neben dem Eingang, brachte zwei Bierdosen und gab mir eine davon. »Ich bin Christiane«, sagte sie und streckte mir die Hand hin. »Können wir du sagen?«, fragte sie.

Ich saß an dem kleinen Schreibtisch, hatte die Füße auf die Tischplatte gelegt, auf die Mappe, in der sich das Briefpapier und die Kuverts befanden, die ich von jedem Hotel, in dem wir gewesen waren, mitgenommen hatte. Ich öffnete meine Bierdose. Christiane hatte sich an das Fensterbrett gelehnt, ihr Bier geöffnet und trank. »Ich bin Andreas«, sagte ich.

»Du willst mich schon wieder verarschen«, sagte sie.

»Nein. Ich heiße Andreas Jahn«, sagte ich, »und wenn Sie… und wenn du an der Rezeption unsere Reisepässe angesehen hättest, dann wüsstest du, dass ich nicht Stephan Protschka bin.«

»Ich habe den Vortrag gesehen. Du kannst mich nicht verarschen«, sagte sie.

»Schau dir unsere Reisepässe an«, sagte ich, »ich bin Andreas Jahn.«

»Warum hast du dann den Vortrag gehalten?«, sagte Christiane. »Und warum hast du das Buch signiert?« Sie hielt mir die Unterschrift in ihrem Buch hin.

Wir öffneten die zweite Bierdose. Ich fragte mich, ob sie vorhatte, wieder zu gehen. Aber sie lehnte bequem am Fensterbrett und sah mir tief in die Augen, ohne dabei mit der Wimper zu zucken. »Was ist denn an Stephan Protschka so unwiderstehlich?«, fragte ich. »Er ist ein Schwätzer. Er ist von mir aus sogar ein begnadeter Schwätzer. Aber interessieren sich junge, intelligente Frauen für Anekdoten über Mozart?« Christiane lachte nicht. Ich hatte ihr Idol beleidigt. Nicht nur das: Sie glaubte, ich sei ihr Idol.

»Du wirst mir nicht glauben.«

Ich musste lachen. Wieder erhielt ich dafür einen strengen, beleidigten Blick. »Du glaubst mir ja auch nicht«, sagte ich. »Du glaubst nicht, dass ich nicht Protschka bin.«

Ich betrachtete Christianes Stöckelschuhe, die neben dem Bett lagen, wo sie sie abgestreift hatte. Auf die Entfernung kam es mir so vor, als ob sie nass wären. Konnte das sein? Hatte es draußen geregnet?

»Es klingt verrückt«, sagte Christiane, »aber ich habe sie gesehen. Ich habe sie sogar zweimal gesehen und mit ihr gesprochen.«

»Wer ist sie?«, fragte ich.

»Constanze«, antwortete Christiane, »Constanze Mozart. Vor drei Wochen, an dem Tag, an dem ich dein Buch fertiggelesen hatte, fuhr ich nachts noch ans Elsterbecken«, sagte Christiane. »Es waren noch zwei, drei Pärchen auf der Liegewiese, aber auch die gingen bald. Ich entschloss mich, nackt schwimmen zu gehen.«

Christiane hatte sich wieder auf das Bett gesetzt. Ich blickte auf die Uhr. Es war bereits kurz nach 22:00 Uhr. Wenn ich nach Mitternacht zu Bett ging, wurde der nächste Tag sehr anstrengend, das wusste ich bereits aus Erfahrung.

»Ich schwamm also ein Stück, um mich abzukühlen, und erschrak, als mir im Wasser eine andere Schwimmerin begegnete, die ich erst sehr spät bemerkte. Aufgrund der einbrechenden Dunkelheit konnte ich sie nicht gut sehen. Sie sagte etwas, das ich aber nicht verstand. Als ich aus dem Wasser stieg, tat sie das ebenfalls, und wir standen einander nackt gegenüber. Sie suchte die Liegewiese nach ihren Kleidern ab, lachte immer wieder und fand schließlich, was sie abgelegt hatte. Ich dachte, dass sie vielleicht Statistin in der Oper war oder von einer Party kam, auf der man sich zu verkleiden hatte, denn sie zog ein weißes Rokokokleid an und bat mich, es mit den Zugbändern zu schließen. Auf ihre Brust legte sie ein Tuch. Sie war klein und sehr attraktiv. Ich hätte sie gerne geküsst, aber von ihrem Kleid ging ein sehr starker Schweißgeruch aus, vor dem es mich ekelte.«

Irgendwo hatte ich das alles schon gehört. Christianes Geschichte kam mir nicht sehr originell vor. Stinkende Rokokomenschen, das war nicht besonders einfallsreich.

»Aber das Seltsamste kommt erst. Als ich wenige Tage später etwa zur selben Uhrzeit dorthin gefahren bin, habe ich dasselbe wieder erlebt. Diesmal wollte ich die junge Frau wirklich küssen, aber wieder ging es nicht. Ich konnte es nicht.«

Ich hielt Christiane für verrückt. Was mich bewog, ihr schließlich doch zu folgen, war ihre Unerschrockenheit, mir etwas so Bizarres zu erzählen.

»Wollen wir gemeinsam hinfahren?«

»Ich glaube nicht.«

»Was? Ist das dein Ernst? Stephan Protschka hat kein Interesse daran, Constanze Mozart zu begegnen?«

Ich war wieder Chauffeur. Diesmal aber nicht der Chauffeur des eitlen Schwätzers, mit dem ich an diesem Abend Rollen getauscht hatte, sondern der Chauffeur einer wahnsinnigen Anhängerin des Schwätzers. Hätten wir nicht Rollen getauscht, könnte ich jetzt schon schlafen, dachte ich. Es dauerte nicht lange, bis wir auf der Liegewiese ankamen. Christiane zog sich aus, und schon war sie im Wasser. Sie legte sich auf den Rücken und winkte mich zu sich. Ich beschloss, am Ufer sitzen zu bleiben.

Es muss Neumond gewesen sein. Es war sehr dunkel, und ich hatte immer schon Angst, bei Dunkelheit in einem Gewässer zu schwimmen. Ich war also froh, am Ufer geblieben zu sein. In der Ferne hörte ich zwei Stimmen. Bald kam sie mit einer zweiten Frau zurück, einer klein gewachsenen, jüngeren Frau, die kreischte, als sie bemerkte, dass ich auf der Liegewiese saß. Christiane wickelte ein Badetuch um die andere Frau, redete auf sie ein, dass ich ein Freund sei, und half ihr beim Ankleiden. Das war eine komplizierte Angelegenheit. Das Kleid, dessen Farbe ich nicht erkennen konnte, wurde mit horizontalen Schnüren festgezogen.

Kaum aber waren die zwei Frauen damit fertig, spürten wir die ersten Regentropfen. Christiane schlüpfte in ihr Gewand und ein starker Regenguss begann. »Schnell ins Auto«, sagte ich. Christiane führte die junge Frau, die beim Laufen den Rock mit beiden Händen halten musste, zum Wagen. Die beiden Damen saßen auf dem Rücksitz, ich vorne, und der Regen prasselte auf das Auto.

Die Frau sprach mit deutschem Akzent. Das konnte niemals Constanze Mozart sein. Ich schaltete das Autoradio ein. Und weil Protschka nicht da war, hörte ich die Bach-Motetten von einer Musikkassette. Auf dem Rücksitz war es lange still. Dann sagte die fremde Frau: »Was ist das?« Ich stoppte die Kassette, zog sie aus dem Autoradio und gab sie der Frau. Dann schaltete ich auf Radio um. Zu dieser Zeit lief im Radio ständig der Chart-Hit »I Promised Myself« den Interpreten habe ich vergessen. Protschka hörte diesen Song gerne und begann dabei immer mit dem Kopf mitzuwippen. Das taten Christiane und ich jetzt auch. Ich machte die Musik lauter. Christiane und ich lachten. »Ich muss gehen«, sagte die fremde Frau, als der Song zu Ende war. Erst jetzt begriff ich, dass sie nicht wusste, wie man die Autotür öffnete; wahrscheinlich hatte sie schon lange flüchten wollen. »Bitte«, sagte sie. Ich stieg aus und öffnete die Hintertür. Sie sprang heraus und lief im strömenden Regen davon.

Auf der Rückfahrt zum Hotel redete Christiane ununterbrochen auf mich ein: »Fahren wir morgen wieder zum Elsterbecken? Bitte, du musst morgen wieder mit mir kommen!« Ich schwieg. »Als ›I Promised Myself‹ im Radio lief, hat Constanze gesagt: Mein Mann muss das hören. Vielleicht bringt sie ihn das nächste Mal mit?« Ich konnte mich nicht nur nicht erinnern, dass sie das gesagt hatte, sondern war mir sogar sicher, dass sie das nicht gesagt hatte. Ebenso hatte sie nicht gesagt, dass sie Constanze heiße. All das bildete Christiane sich ein. Und überhaupt: Die Frau hatte einen westdeutschen Akzent gehabt, klang eher nach Düsseldorf oder Köln, was niemals auf Constanze Mozart zutreffen konnte.

»Ich kann morgen nicht. Ich muss mit dem Professor nach Dresden«, sagte ich.

Ich fragte mich, ob es Protschka gelungen war, durch mich den Geist von Constanze Mozart in die arme Frau neben mir auf dem Beifahrersitz fahren zu lassen oder eine Art von Besessenheit auszulösen. Nicht auszudenken, wenn er das auch mit László Tóth vorhatte, der sicher noch heftiger darunter leiden würde.

»Du musst aber kommen«, sagte Christiane. »Wenn du Stephan Protschka bist, dann willst du Mozart sehen, Mozart in Fleisch und Blut. Und wenn du nicht Stephan Protschka bist und du kommst nicht, dann mache ich morgen früh Kopien von euren Pässen und das Leipziger Publikum wird erfahren, dass es von euch betrogen wurde.«

Die Straßen waren bereits leer. Schnell erreichten wir das Hotel. Christiane kam zu mir und senkte den Kopf auf meinen Brustkorb. »Darf ich bei dir im Zimmer übernachten?«, fragte sie. Ich blickte auf die Armbanduhr. Das muss sie sehr erzürnt haben. Plötzlich war sie hellwach. »Du Arschloch«, sagte sie und ging davon. Nach einigen Schritten drehte sie sich nochmal um und rief: »Und du bist Stephan Protschka!« Ich betrat das Hotel und war froh, dass ich Christiane losgeworden war.

Als der Wecker läutete, stellte ich ihn auf eine halbe Stunde später. Ich verzichtete auf das Frühstück, um noch ein wenig zu schlafen. Als ich in die Lobby kam, stand Stephan Protschka schon mit seinem Gepäck bereit. Die Rezeptionistin war glücklicherweise eine andere. »Na, Herr Professor, haben wir verschlafen?«, fragte Protschka und grinste. Wir verließen das Hotel und gingen zum Auto.

Protschka öffnete die Fahrertür und setzte sich.

»Was soll das?«, fragte ich.

Er grinste wieder: »Ich bin der Chauffeur. Gib mir den Autoschlüssel!«

»Lass das«, sagte ich, »du hast keinen Führerschein.«

Protschka setzte sich auf den Beifahrersitz, und wir fuhren los. »Gestern war die Kleine aus Weimar wieder da. Ich habe sie mit aufs Zimmer genommen«, sagte Stephan. Ich hasste es, wenn er mit seinen Frauengeschichten prahlte. »Ich dachte, zweimal dieselbe gibt es bei dir nicht«, sagte ich. »Ich habe eben eine Ausnahme gemacht«, sagte er. »Und du?« Er sah aus dem Fenster, seufzte schwer und schlug mit der Hand auf seinen Oberschenkel. »Du hast sie verschmäht, nicht wahr?«, sagte er. »Du hast die kleine Rezeptionistin verschmäht? So wie du die Tochter von Tóth immer stehen lässt. Und dein Studium wirst du auch nie fertig machen. Hältst du heute wieder meinen Vortrag?«

Ich war froh, dass diese Reise bald vorbei war. Protschka war nicht mehr auszuhalten. Dass ihn überhaupt jemand aushielt! Dass ihn die ganze Welt für einen höflichen, gescheiten und sogar schönen jungen Mann hielt!

»Darf ich dich etwas fragen?«, sagte ich. »Constanze Mozart. Wie hat sie gesprochen? Ich meine, welchen Dialekt?«

Protschka grinste wieder. »Der Chauffeur will ganz schön viel wissen«, sagte er. »Mannemerisch. Sie ist in Mannheim aufgewachsen.«

Das war wie ein Schlag gegen meinen Kopf, ein schwerer Knock-out, nach dem man noch eine Zehntelsekunde im Schock dasteht und dann zu Boden geht.

»Warum fragst du mich das?«, fragte Stephan Protschka.

»Ich habe sie gestern getroffen«, sagte ich.

Plötzlich grinste er nicht mehr.

»Getroffen?«

»Ja«, sagte ich. »Gestern habe ich Constanze Mozart gesehen. In Fleisch und Blut. Sie hat sogar mit mir gesprochen.«

Protschka schüttelte den Kopf: »Es wird Zeit, dass wir nach Hause kommen. Du drehst schon völlig durch!«

Inhalt

MIX
Papier aus verantwortungsvollen Quellen
FSC® C014496

Penguin Random House Verlagsgruppe FSC® N001967

1. Auflage

Satz: Uhl + Massopust, Aalen
Druck und Einband: GGP Media GmbH, Pößneck
Covergestaltung: buxdesign | Ruth Botzenhardt
Covermotiv: © Marjorie Weiss / Bridgeman Images
Printed in Germany
ISBN 978-3-630-87643-6

www.luchterhand-literaturverlag.de